牛乳カンパイ係、田中くん

給食マスター初指令！ 友情の納豆レシピ

並木たかあき・作
フルカワマモる・絵

集英社みらい文庫

田中食太《たなかたべた》
5年1組《ねんくみ》の牛乳《ぎゅうにゅう》カンパイ係《がかり》。
給食《きゅうしょく》マスターとして奮闘中《ふんとうちゅう》。
増田先輩《ますだせんぱい》
田中《たなか》くんあこがれの先輩《せんぱい》。
6年1組《ねんくみ》の天才給食《てんさいきゅうしょく》マスター。
難波《なんば》ミナミ
大阪出身《おおさかしゅっしん》の元気《げんき》な女《おんな》の子《こ》。
実家《じっか》は「難波食堂《なんばしょくどう》」。
鈴木《すずき》ミノル
田中《たなか》くんの親友《しんゆう》。
田中《たなか》くんのおかげで
牛乳好《ぎゅうにゅうず》きに…。
三田《みた》ユウナ
みんなに気配《きくば》りできる
しっかり者《もの》の委員長《いいんちょう》。

登場人物紹介《とうじょうじんぶつしょうかい》
皆食寺《かいしょくじ》ウマシ
給食《きゅうしょく》マスター委員会《いいんかい》の長老《ちょうろう》。給食皇帝《ロイヤルマスター》として現役《げんえき》バリバリ。
ロベルト石川《いしかわ》
ブラジル生《う》まれのナゾ少年《しょうねん》。給食《きゅうしょく》マスターをめざす田中《たなか》くんのライバル。
根場《ねば》ネバル
御石井小学校《おいししょうがっこう》5年《ねん》2組《くみ》のサッカー少年《しょうねん》。納豆《なっとう》が大好《だいす》き。
大久保《おおくぼ》ノリオ
5年《ねん》1組《くみ》の恐怖《きょうふ》の大王《だいおう》。よく鼻毛《はなげ》がでている…。

もくじ

1杯目《ばいめ》
給食《きゅうしょく》マスター田中《たなか》くん初《はじ》めての指令《しれい》は…!?

オレの名前《なまえ》は、田中食太《たなかたべた》。

御石井小学校《おいしいしょうがっこう》5年《ねん》1組《くみ》の、『牛乳《ぎゅうにゅう》カンパイ係《がかり》』だ。

給食《きゅうしょく》を楽《たの》しくもりあげて、みんなの給食《きゅうしょく》のトラブルを解決《かいけつ》するのがオレの仕事《しごと》だ。

5月《がつ》に転入《てんにゅう》してきた鈴木《すずき》ミノルから、こんな相談《そうだん》を受《う》けたことがあった。

「ぼく、牛乳《ぎゅうにゅう》を飲《の》めるようになりたいんだけど、どうしたらいいかな?」

おとなしい性格《せいかく》のミノルは、5年《ねん》1組《くみ》の恐怖《きょうふ》の大王《だいおう》・大久保《おおくぼ》ノリオに、大《だい》きらいな牛乳《ぎゅうにゅう》を無理《むり》やり飲《の》まされそうになっていたんだ。

オレはある作戦《さくせん》を立《た》てて、ミノルを助《たす》けることに成功《せいこう》した。

「ありがとう、田中《たなか》くん！」

がんばるミノルの力《ちから》になれて、本当《ほんとう》によかった。

それからずっとミノルは、オレの一番《いちばん》の友《とも》だちだ。


あこがれの『給食《きゅうしょく》マスター』になるため、ミッションにチャレンジしたこともあった。

『給食《きゅうしょく》マスター』ってのは、すべての食《しょく》の問題《もんだい》を解決《かいけつ》する給食《きゅうしょく》の神様《かみさま》みたいな存在《そんざい》だ。

ミッションにチャレンジしてもうまくいかず、オレはあきらめちゃったんだけど……。

おちこむオレをはげましてくれた、クラス委員長《いいんちょう》の三田《みた》ユウナ。

牛乳《ぎゅうにゅう》をたくさん集《あつ》めてきて、一緒《いっしょ》に泣《な》きながら飲《の》んでくれたノリオ。

オレにライバル宣言《せんげん》をしているのに、応援《おうえん》してくれた難波《なんば》ミナミ。

合格《ごうかく》をあきらめたときに、本気《ほんき》で怒《おこ》ってくれたミノル。

友《とも》だちのおかげで、オレはとうとうミッションをクリアできた。

あこがれの『給食《きゅうしょく》マスター』に推薦《すいせん》してもらえることになったんだ。

急《きゅう》にごはんを食《た》べられなくなった給食皇帝《ロイヤルマスター》のじいちゃんを助《たす》けたこともある。

「わしには、食欲《しょくよく》が、なくなってしもうた」

給食皇帝《ロイヤルマスター》は、給食《きゅうしょく》マスターの中《なか》で一番《いちばん》えらいひとだ。オレが給食《きゅうしょく》マスターになるには、皇帝《こうてい》に元気《げんき》になってもらう必要《ひつよう》があった。

みんなの協力《きょうりょく》もあって、皇帝《こうてい》はごはんを食《た》べられるようになった。

オレはあこがれの給食《きゅうしょく》マスターになれる……はずだったんだけど。

「食太《たべた》ではなく、オレの弟子《でし》を、給食《きゅうしょく》マスターに認定《にんてい》してほしいのです」

弟子《でし》をつれてきた父《とう》さんが、オレの前《まえ》に立《た》ちはだかった。


1学期《がっき》のさいごには。

父《とう》さんと弟子《でし》のロベルト石川《いしかわ》のチームと、給食《きゅうしょく》マスターの座《ざ》をかけて対決《たいけつ》した。

大好《だいす》きな父《とう》さんと戦《たたか》うのは本当《ほんとう》につらかったけど、オレたちのチームはタッグ・マッチに勝《か》つことができた。

いまオレの胸《むね》で光《ひか》っているのは、父《とう》さんがくれた星《ほし》のバッジ。

給食《きゅうしょく》マスターしかつけられないこのバッジは、オレのたいせつな宝物《たからもの》だ。

夢《ゆめ》だった給食《きゅうしょく》マスターに、オレはとうとうなれたんだ。


そして、今日《きょう》。

給食《きゅうしょく》の配膳《はいぜん》が終《お》わってすぐに、ミノルはこんなことをいった。

「田中《たなか》くん。『給食《きゅうしょく》マスター』になれて、本当《ほんとう》によかったね！」

「おう、みんなの応援《おうえん》のおかげだよ」

けれどもそのあと、ちょっとだけさみしそうな顔《かお》をしていたんだ。

「ん？　どうした、ミノル？」

「いやぁ。田中《たなか》くんが『給食《きゅうしょく》マスター』の中《なか》でどんどん活躍《かつやく》していったらうれしいけどさ。もしいそがしくなって一緒《いっしょ》にあそぶ時間《じかん》がなくなっちゃったらいやだよ」

「なにいってんだよ、ミノル。オレは5年《ねん》1組《くみ》の『牛乳《ぎゅうにゅう》カンパイ係《がかり》』なんだぜ？　いままでと一緒《いっしょ》さ」

「ああ、よかったぁ！」

「今日《きょう》も5年《ねん》1組《くみ》の給食《きゅうしょく》を、もりあげてやるぜ！」

というのも。

『食《しょく》は笑顔《えがお》をつくる』

父《とう》さんが教《おし》えてくれたこの言葉《ことば》を、オレは本当《ほんとう》にたいせつにしているから。

みんなで食《た》べる給食《きゅうしょく》の時間《じかん》は、いつまでもつづくわけじゃない。

みんなで食《た》べる楽《たの》しい時間《じかん》は、いつまでものこる思《おも》い出《で》になる。

小学校《しょうがっこう》に入学《にゅうがく》する前《まえ》に亡《な》くなった母《かあ》さんとの楽《たの》しかった食事《しょくじ》を思《おも》いだすたびに、オレはそんなことを思《おも》うんだ。

給食《きゅうしょく》マスターになったオレには、大《おお》きな大《おお》きな夢《ゆめ》がある。

給食《きゅうしょく》マスターのトップ・給食皇帝《ロイヤルマスター》に、いつかかならずなってみせる！

母《かあ》さんの秘伝《ひでん》のレシピを使《つか》って、世界中《せかいじゅう》の給食《きゅうしょく》の時間《じかん》を『食《しょく》』で笑顔《えがお》にするんだ！

お。そろそろ「いただきます」の時間《じかん》みたいだな。

『給食《きゅうしょく》マスター』になってさいしょの、『牛乳《ぎゅうにゅう》カンパイ係《がかり》』の仕事《しごと》が始《はじ》まるんだ。

＊

「おまえらぁ、ちゅうもーく！」

ふんどし一丁《いっちょう》、ねじりハチマキ姿《すがた》のオレは、黒板《こくばん》の前《まえ》へダッシュした。

「「「えええーっ？」」」

急《きゅう》に変《か》わったオレのかっこうに、5年《ねん》1組《くみ》のみんなはびっくりしている。

オレはすぐ脇《わき》のケースから牛乳《ぎゅうにゅう》ビンを1本《ぽん》手《て》にとると、片足《かたあし》をイスにどんと乗《の》せた。

腹《はら》の底《そこ》から、こう叫《さけ》んだ。

「イエエエエエエエエエエエエエエエエエエエエエエエエエイ！」

「ど、ど、どうしたの田中《たなか》くんっ？」

ミノルがおどろいて声《こえ》をあげる。

クラスみんながざわつく中《なか》で、オレは自己紹介《じこしょうかい》を始《はじ》めたんだ。

イェェェェェェ
イェェェェ…!!

「くーーーうぜんぜつごのォオ！　ちょーぜつどとーのカンパイ係《がかり》ィイ！　給食《きゅうしょく》を愛《あい》しィッ、給食《きゅうしょく》に愛《あい》された男《おとこ》ォオッ！　牛乳《ぎゅうにゅう》、コーヒー牛乳《ぎゅうにゅう》、飲《の》むヨーグルト、すべての牛《ぎゅう》乳《にゅう》をひと飲《の》みにするゥ！　そう、われこそはァアア！」

ゴクゴクゴクゴクゴクッ！

1本《ぽん》飲《の》み干《ほ》し、すぐ脇《わき》のケースから2本目《ほんめ》を手《て》にして、キャップを外《はず》す。

「最《さい》・強《きょう》・無《む》・敵《てき》のカンパイ係《がかり》ィイ！　そのもりあげっぷりがすごすぎてエェ、栄養《えいよう》の先《せん》生《せい》、校長先生《こうちょうせんせい》、PTA《ピーティーエー》会長《かいちょう》からも、マークされている男《おとこ》ォ！　そう、このオレはァ！」

ゴクゴクゴクゴクゴクッ！

2本目《ほんめ》を飲《の》み干《ほ》し、3本目《ぼんめ》のキャップを外《はず》す。

「天才《てんさい》・『給食《きゅうしょく》マスター』の増田先輩《ますだせんぱい》からあたえられたミッションをクリアしィ、父《とう》さん相手《あいて》のタッグ・マッチに勝《か》ってエ、とうとう一《ひと》ツ星《ぼし》の給食《きゅうしょく》マスターになれたァ、そうっ、このっ、オレこそはァアア！　牛乳《ぎゅうにゅう》カンパイ係《がかり》のォオオ……！」

信《しん》じられないくらいに目《め》を大《おお》きくひらいて、さらに叫《さけ》ぶ。

「田中《たなか》アアアアアアアアアアア、食《たべ》エエエ太《た》アアアアアア！」

牛乳《ぎゅうにゅう》ビンを高《たか》くあげて、教室《きょうしつ》のみんなと順《じゅん》に目《め》を合《あ》わせていく。

「イエエエエエエエエエエエ――――イ！　ジャスティス！」

クラスのみんなは大《おお》わらいしながら、拍手《はくしゅ》をしてくれた。

その拍手《はくしゅ》が、だんだんと、手拍子《てびょうし》のリズムに変《か》わっていった。


パン・パン・パン・パン・パン！

パン・パン・パン・パン・パン！


すると楽《たの》しくなりすぎちゃったんだろう。

クラスの男子《だんし》が、和太鼓《わだいこ》をたたくまねを始《はじ》めたんだ。

ハシを両手《りょうて》に、机《つくえ》や食器《しょっき》や牛乳《ぎゅうにゅう》ビンをたたいている。


キンコン・キンコン・キンコン・チンチン！

キンコン・キンコン・キンコン・チンチン！


おいっ！　給食中《きゅうしょくちゅう》にハシで食器《しょっき》なんかたたいちゃダメだろっ。

心配《しんぱい》になったオレは、担任《たんにん》の多田見《ただみ》マモル先生《せんせい》をチラリと見《み》た。

でも、多田見先生《ただみせんせい》はいつものようににこにこと、5年《ねん》1組《くみ》をただ見守《みまも》っていた。

「みんなぁ！　2学期《がっき》さいしょの給食《きゅうしょく》だぜぇ！」

ふんどし一丁《いっちょう》のまま、オレはクラスに呼《よ》びかけた。

「「「おーっ！」」」

「歌《うた》ってみんなで、もりあがろうぜぇ！」

「「「おーっ！」」」

「よし、いくぞっ！『カンパイ・ソーラン節《ぶし》』の歌《うた》！」

オレはクラスみんなの手拍子《てびょうし》の中《なか》で、3本《ぼん》の冷《つめ》たい牛乳《ぎゅうにゅう》ビンのキャップを外《はず》した。

北海道《ほっかいどう》の民謡《みんよう》『ソーラン節《ぶし》』の歌《うた》に合《あ》わせた、替《か》え歌《うた》の合唱《がっしょう》が始《はじ》まった。

♫ヤーーーーーレン　ソーラン　ソーラン
ヤレン　ソーラン　ソーラン
ゴクゴク！
男《おとこ》の中《なか》の男《おとこ》だ　た・な・か！
どんと飲《の》み干《ほ》すぜ　代表《だいひょう》で

チョイ　ヤサエンエンヤーサノ　もうー本《ぽん》！
はぁ〜　もうー本《ぽん》っ！　もうー本《ぽん》っ！♫

歌《うた》のさいごで、キンキンに冷《ひ》えた３本《ぼん》の牛乳《ぎゅうにゅう》を、オレは同時《どうじ》に飲《の》み始《はじ》めた。

３本《ぼん》まとめてざばっと口《くち》へ流《なが》しこみ、味《あじ》わい、飲《の》みこみ、こう叫《さけ》んだ。


「オレの口《くち》の中《なか》は、牛乳《ぎゅうにゅう》のさっぽろ雪《ゆき》まつりだ！」


そのまま３本《ぼん》のビンを高《たか》くあげると、クラスのみんなは大《おお》きな拍手《はくしゅ》。

声援《せいえん》と拍手《はくしゅ》は鳴《な》りやまない。

みんなからの拍手《はくしゅ》にこたえていた、ちょうどそのときのことだった。

「おやおやっ？　これは、なんの拍手《はくしゅ》だっ？」

廊下《ろうか》から、誰《だれ》かの大《おお》きな声《こえ》が聞《き》こえてきた。

「ああ、わかったぞ！　さては、日本《にほん》のお祭《まつ》りだなっ？」

廊下《ろうか》からのその声《こえ》に、オレは聞《き》きおぼえがあった。

「この声《こえ》は、もしかして……」

オレだけじゃない。

ミノルも、クラスのみんなも、この声《こえ》を聞《き》いたことがあるはずなんだ。

「オイラも、お祭《まつ》りにまぜてくれよっ！」

ガラガラガラッ。

教室《きょうしつ》の前《まえ》の扉《とびら》があくと、そこにいたのは……。

「「「あー！　なんで、おまえがーっ！」」」

オレも、ミノルも、クラスのみんなも、そいつのことを知《し》っていた。

半《はん》ズボンにタンクトップ。少《すこ》しだけ外国《がいこく》のひとを思《おも》わせる顔《かお》。

ぼさぼさの髪《かみ》の一部《いちぶ》をゴムでまとめた、すばしっこそうな小柄《こがら》な男《おとこ》の子《こ》。

「ロベルトじゃないかっ！」

ロベルト石川《いしかわ》の登場《とうじょう》に、本当《ほんとう》におどろいてしまった。

ブラジル出身《しゅっしん》のロベルト石川《いしかわ》は、お父《とう》さんがブラジル人《じん》、お母《かあ》さんが日本人《にほんじん》。

ロベルトとオレは1学期《がっき》さいごの日《ひ》、『給食《きゅうしょく》マスター』の座《ざ》をかけて戦《たたか》った。

勝《か》ったのは、オレ。

一《ひと》ツ星《ぼし》の給食《きゅうしょく》マスターになれたオレの胸《むね》にはいま、一《ひと》ツ星《ぼし》のバッジが輝《かがや》いている。

一方《いっぽう》の負《ま》けたロベルトは——。

ルールにより、もう二度《にど》と、給《きゅう》食《しょく》マスターにはなれなくなってしまった。

「おおおっ、ロベルトだぁ！」

一《いっ》ヶ月半《げつはん》ぶりの再会《さいかい》に、オレは笑顔《えがお》でロベルトにかけ寄《よ》った。

「おまえ、ブラジルに帰《かえ》ったんじゃなかったのか？」

全力《ぜんりょく》で戦《たたか》った相手《あいて》に会《あ》えたのがうれしくて、ロベルトと肩《かた》を組《く》んだ。

しかし――。

「ふんっ。さわるなよ」

ロベルトはオレの手《て》を、力強《ちからづよ》くふり払《はら》ってしまった。

「おい、ロベルト。ひどいじゃないか」

まさかそんなことをされると思《おも》っていなかった。オレはけっこう悲《かな》しくなった。

「『ブラジルに帰《かえ》った』だって？　オイラそんなこと、ひと言《こと》もいっていないぞっ」

「なんだよロベルト。どうしてそんなにオレにつっかかってくるんだよ？」

ロベルトは大《おお》きな声《こえ》をだした。

「オイラは今度《こんど》こそ田中《たなか》に勝《か》つために、ひとりでブラジルから引《ひ》っ越《こ》してきたんだ！」

「ええええっ！」

今度《こんど》はオレが大《おお》きな声《こえ》でおどろいてしまった。

「オレに勝《か》つためにっ？」

そんなオレを無視《むし》して、ロベルトは5年《ねん》1組《くみ》のみんなと次々《つぎつぎ》に握手《あくしゅ》をしていく。

オレへの態度《たいど》とはぜんぜんちがった、人《ひと》なつっこい笑顔《えがお》を見《み》せた。

「あっ、おまえは、たしかミノルだな？」

「あ、うん」

「よろしくなっ」

ブラジルの太陽《たいよう》みたいな全力《ぜんりょく》の笑顔《えがお》で、白《しろ》い歯《は》を見《み》せてミノルと握手《あくしゅ》。

ロベルトはぴょんぴょん動《うご》きまわって、クラスのみんなと握手《あくしゅ》をしていく。

「おい、ロベルト。態度《たいど》がぜんぜんちがうじゃないか。オレとも仲《なか》よくしようぜ」

「ふんっ。田中《たなか》、おまえはたしかにすごいやつだ。でもな、オイラはおまえに勝《か》ちたいんだ。ベタベタ仲《なか》よくする気《き》はないぞっ」

ほめられたような、きらわれたような、もやもやした気持《きも》ちになってしまった。

「ねぇ、ロベルト。『引《ひ》っ越《こ》してきた』って、いま、どこに住《す》んでいるの？」

トゲトゲしたふんいきをキャッチしたからか、ミノルが話《はなし》を変《か》えた。

「ああ。じつはオイラ」

ロベルトは胸《むね》をはった。

「給食皇帝《ロイヤルマスター》におねがいをして、日本《にほん》の御石井市《おいしいし》で暮《く》らすことになったんだ」

給食皇帝《ロイヤルマスター》は、中華鍋《ちゅうかなべ》をかぶって、大《おお》きなしゃもじのつえを持《も》っている。あごにはダイコンのような形《かたち》の白《しろ》いヒゲ。皇帝《こうてい》としゃべるだけで声《こえ》がふるえてしまうひともいるくらい、給食《きゅうしょく》マスター委員会《いいんかい》の中《なか》で、とてつもなくえらいひとなんだ。

でもオレだけは親《した》しみをこめて「鍋仙人《なべせんにん》のじいちゃん」というアダナで呼《よ》んでいた。

「ロベルトくん。話《はなし》の途中《とちゅう》ですみませんが」

いつも見守《みまも》ってくれている多田見《ただみ》マモル先生《せんせい》が、教卓《きょうたく》から近《ちか》づいてきた。

「ここは5年《ねん》1組《くみ》です。キミのクラスは5年《ねん》2組《くみ》。ひとつとなりのクラスですよ」

「え？　ああ、オイラ、まちがえちゃったよ。あははは」

ロベルトは少《すこ》し照《て》れて頭《あたま》をかいたんだけど……。

「あ。忘《わす》れてたぞっ。おい、田中《たなか》っ」

またけわしい表情《ひょうじょう》に戻《もど》って、ロベルトはオレに呼《よ》びかけた。

「給食皇帝《ロイヤルマスター》からの伝言《でんごん》だ。『今日《きょう》の夕方《ゆうがた》、給食《きゅうしょく》タワー最上階《さいじょうかい》で待《ま》つ』」

「え？」

「給食皇帝《ロイヤルマスター》が、おまえに会《あ》って話《はなし》をしたいんだそうだ。放課後《ほうかご》に、むかえの車《くるま》が正門《せいもん》にくることになっているぞ」

「……鍋仙人《なべせんにん》のじいちゃんが、オレに用事《ようじ》？」

「伝《つた》えたからな」

ロベルトはそう冷《つめ》たくいいのこすと、5年《ねん》1組《くみ》の教室《きょうしつ》からでていった。


放課後《ほうかご》。

「ああっ。ミノル、見《み》てみろよ！」

ロベルトの伝言《でんごん》のとおり、正門《せいもん》にはむかえの車《くるま》がやってきていた。

正門脇《せいもんわき》に止《と》まっていたのはミルク・カーだった。ミルク・カーは、捨《す》てるしかなくなった牛乳《ぎゅうにゅう》をガソリン代《が》わりに使《つか》って動《うご》く、世界的有名自動車《せかいてきゆうめいじどうしゃ》メーカー『MASUDA《マスダ》』製《せい》の特別《とくべつ》な車《くるま》だ。

「ミノル。おまえも一緒《いっしょ》にきてくれるよな？」

「うんっ」

オレたちは運転手《うんてんしゅ》さんにお礼《れい》をいって、給食《きゅうしょく》タワーまで送《おく》ってもらった。

＊

オレたちふたりはエレベーターで、給食《きゅうしょく》タワー一番上《いちばんうえ》の60階《かい》に到着《とうちゃく》した。

通路《つうろ》を歩《ある》いて、給食皇帝《ロイヤルマスター》の部屋《へや》へとむかう。

「ねぇ、田中《たなか》くん。給食皇帝《ロイヤルマスター》は給食《きゅうしょく》マスターの中《なか》で一番《いちばん》えらいひとなんだよね？」

「ああ、そうさ」

「だったら、ぜったいに失礼《しつれい》のないようにしないといけないね。緊張《きんちょう》するよ」

そんなことをしゃべりながら部屋《へや》の扉《とびら》をノックする。

中《なか》から、皇帝《こうてい》の声《こえ》が聞《き》こえた。

「おお、田中《たなか》くんか。はいりなさい」

「「失礼《しつれい》しまーす」」

緊張《きんちょう》しつつ、扉《とびら》をあけると……。

「田中《たなか》くん、レッツ・サンバ〜ッ！」

びっくりした。

いつもかぶっている中華鍋《ちゅうかなべ》をしゃもじのつえでガンガンたたきながら、皇帝《こうてい》はサンバをおどっていた。口《くち》にくわえた笛《ふえ》をピーピー鳴《な》らす。白髪《しらが》をふりみだしてノリノリだ。

「ホレホレ、ふたりともっ。おどれ、おどれぇい！」

しかし皇帝《こうてい》のサンバのおどりは、くねくねしてどこか変《へん》だった。

足《あし》の動《うご》かし方《かた》なんか、トイレを

がまんしているひとにしか見《み》えない。

オレとミノルは、ぽかーんと口《くち》をあけたまま、ノリノリでおどる皇帝《こうてい》を見《み》ていた。

すると、おどろいてかたまってしまったオレたちに気《き》づいたみたいだ。

「あ……。ふむ」

皇帝《こうてい》はひとりではしゃいでしまったことに気《き》がつき、おどりをストップした。

そして、しーんとしずまりかえった部屋《へや》の中《なか》で、ものすごくはずかしそうな顔《かお》をしながら、むにゃむにゃといいわけを始《はじ》めたんだ。

「あ、いやぁ。じつはブラジル出身《しゅっしん》のロベルトくんに、この前《まえ》、サンバを教《おし》えてもらったんじゃよ。やってみたら楽《たの》しくて、つい、はしゃいでしまったんじゃな。ごほんっ」

皇帝《こうてい》は、ごまかすようにせきばらいをした。

「さてさて、キミたち」

それから、給食室《きゅうしょくしつ》にある大《おお》きな釜《かま》がデザインされたソファに、どっしりと座《すわ》る。

「おふざけは、ここまでじゃっ」

「じ、自分《じぶん》ひとりでふざけていたのに……っ」

ミノルが小《ちい》さく文句《もんく》をいった。

「さっそくじゃが、田中《たなか》くん」

いまのおふざけをまるっきりなかったことにして、皇帝《こうてい》は重々《おもおも》しい声《こえ》をだす。

部屋《へや》の空気《くうき》が、あっという間《ま》に緊張感《きんちょうかん》でピリピリし始《はじ》めた。

「一《ひと》ツ星《ぼし》の給食《きゅうしょく》マスターになってさいしょの指令《しれい》を、田中《たなか》くんにだすぞ」

「えええっ、鍋仙人《なべせんにん》のじいちゃん。指令《しれい》だってっ？」

オレはすっかりおどろいてしまった。

「給食《きゅうしょく》マスターの指令《しれい》って、こんなに急《きゅう》にくるのかよ？」

給食《きゅうしょく》マスターは、『食《しょく》』に関《かん》するあらゆるトラブルを解決《かいけつ》し、選《えら》ばれたひとだけがなることができる。

たとえば、天才《てんさい》・『給食《きゅうしょく》マスター』の増田先輩《ますだせんぱい》は、食事会《しょくじかい》で国同士《くにどうし》の戦争《せんそう》を止《と》めてしまったという伝説《でんせつ》を持《も》っている。あるいは、争《あらそ》いの起《お》こった食《た》べ物《もの》のない地域《ちいき》に給食《きゅうしょく》を届《とど》けるため、命《いのち》の危険《きけん》をわかっているのに飛《と》びこんだこともあったのだという。

増田先輩《ますだせんぱい》は6年生《ねんせい》で、オレのあこがれの存在《そんざい》だ。みんなから尊敬《そんけい》されていて、女子《じょし》のファンがとても多《おお》い。

「ああ、そうじゃ。だいたいのトラブルは、急《きゅう》にやってくるもんじゃからな。ふぉっふぉっふぉ」

給食皇帝《ロイヤルマスター》は少《すこ》しわらってから、ピリリとした表情《ひょうじょう》をオレたちに見《み》せた。

「それでは指令《しれい》を発表《はっぴょう》しよう」

大《おお》きなしゃもじのつえを使《つか》い、ゆっくりと、皇帝《こうてい》はソファから立《た》ちあがった。

「なぁ、ミノル」

少《すこ》し緊張《きんちょう》してしまい、ミノルに声《こえ》をかける。

「いったい、どんなたいへんな指令《しれい》がだされるんだろうな？　人魚《にんぎょ》のなみだを集《あつ》めてこい。ドラゴンをまるごと狩《か》ってこい。千年《せんねん》に一度《いちど》しか実《みの》らないくだものを、いますぐ見《み》つけて持《も》ってこい。……ワクワクするなぁ！」

「うん！　でも田中《たなか》くんなら、どんなにむずかしい指令《しれい》がでても、きっとだいじょうぶだと思《おも》うよ！」

オレとミノルはうなずき合《あ》って、給食皇帝《ロイヤルマスター》の言葉《ことば》を待《ま》ちかまえた。

「ふむ。一《ひと》ツ星《ぼし》の給食《きゅうしょく》マスター・田中《たなか》くんへのさいしょの指令《しれい》、それは……」

皇帝《こうてい》はしゃもじをふりあげて、叫《さけ》ぶ。

「【ロベルトと、仲《なか》よくせよ】っ。これじゃ！」

……は？

「な、な、なにそれー？」

あまりに簡単《かんたん》な指令《しれい》がだされたからか、ミノルがびっくりして声《こえ》をあげた。

「おいおい、鍋仙人《なべせんにん》のじいちゃん。そんなんでいいのかよ？」

オレもなんだか緊張《きんちょう》して損《そん》したって感《かん》じだった。

「おやおや、田中《たなか》くん。ずいぶんよゆうじゃな」

「だって、そんな簡単《かんたん》なこと……」

「この指令《しれい》が、簡単《かんたん》？　ふぉっふぉっふぉ」

あごの下《した》のダイコンみたいなヒゲをなでてから、皇帝《こうてい》はオレを見《み》る。

「わかっとらんぞ、田中《たなか》くん」

皇帝《こうてい》は残念《ざんねん》そうに首《くび》を横《よこ》にふった。

「この指令《しれい》のむずかしさが、わからんかなぁ？」

「この指令《しれい》のむずかしさ？」

いったい、なにがむずかしいのか。

たしかに、ロベルトのオレへの態度《たいど》は、ぜんぜんよくはなかったけど……。

「うーん、どうやったら、田中《たなか》くんとロベルトは仲《なか》よくなれるのかな？」

ミノルはさっそく、オレとロベルトが仲《なか》よくなる方法《ほうほう》を真剣《しんけん》に考《かんが》えてくれているようだった。

「だいじょうぶさ、ミノル」

オレは明《あか》るく声《こえ》をかけた。

「ロベルトとは一回戦《いっかいたたか》ってるんだぜ？　スポーツと一緒《いっしょ》さ。おたがいに全力《ぜんりょく》でぶつかってんだから、もう友《とも》だちだろ？」

「うーん、そうかなぁ？」

ミノルはどこか納得《なっとく》のいかない表情《ひょうじょう》をして、つづける。

「今日《きょう》のロベルトの態度《たいど》を思《おも》いだすと、ぼくはものすごく不安《ふあん》だよ」

まぁたしかに、オレにだけは厳《きび》しい態度《たいど》をとっていたけど……。

それでも、オレは明《あか》るくしゃべりかけた。

「ま、ほら。ブラジルからあたらしい学校《がっこう》にきてさ、きっとロベルトは緊張《きんちょう》してたんだよ。緊張《きんちょう》すると、オレもそうだけど、変《へん》なことをいっちゃうことってあるだろ？」

「え、たとえば？」

「ミノルだって緊張《きんちょう》しすぎると、右手《みぎて》と右足《みぎあし》が同時《どうじ》に前《まえ》にでて、変《へん》な歩《ある》き方《かた》になるじゃないか？　おんなじさ」

「……それとはちょっとちがうんじゃないかな」

「とにかくさ、ロベルトが学校《がっこう》に慣《な》れてきたころに、『一緒《いっしょ》にサッカーやろうぜっ』て声《こえ》をかけてみる。そしたらすぐ、仲《なか》よしだぜっ」

でもこのとき、オレはこんなことを思《おも》ったんだ。

「あーあ。本当《ほんとう》は、一緒《いっしょ》に給食《きゅうしょく》を食《た》べられたら、すぐ仲《なか》よくなれるのになあ！」

「クラスがちがうと、なかなかそういうわけにもいかないもんねぇ」

けれども、暗《くら》い顔《かお》をして悩《なや》んでばかりいてもしかたがない。

「ミノル、まぁ見《み》ててくれよ！　ぜったいに指令《しれい》をクリアするから！」

「うん！」

「そうじゃった。忘《わす》れておったわ、田中《たなか》くん」

皇帝《こうてい》が間《あいだ》にはいってきた。

「今回《こんかい》の指令《しれい》とは、別《べつ》の話《はなし》になるのだが……」

なんだろう？

皇帝《こうてい》は話題《わだい》を変《か》えたんだ。

「キミに、宿題《しゅくだい》をだすぞ」

「「宿題《しゅくだい》？」」

ミノルと顔《かお》を見合《みあ》わせた。

まさか学校《がっこう》以外《いがい》で、宿題《しゅくだい》をだされるなんて！

宿題《しゅくだい》。

と聞《き》いて、少《すこ》しだけいやな気持《きも》ちになった。

「えーっ。学校《がっこう》でもないのに、なんで鍋仙人《なべせんにん》のじいちゃんから宿題《しゅくだい》をだされなきゃいけないんだよっ？」

宿題《しゅくだい》って聞《き》いて「よっしゃ、宿題《しゅくだい》！」ってガッツポーズをとるやつはいない。

「オレ、学校《がっこう》の夏休《なつやす》みの宿題《しゅくだい》だってまだ終《お》わってないんだぜ？」

「ちょっと、田中《たなか》くん？　提出日《ていしゅつび》はすぎてるよっ。はやく提出《ていしゅつ》しないと！」

「うん」

そのくらい、わかってはいるんだけど。

「終《お》わってないのは、小《しょう》1の夏休《なつやす》みの絵日記《えにっき》なんだよなぁ」

「……はい？」

ミノルはおどろき、かたまった。

「小学《しょうがく》1年生《ねんせい》のときの絵日記《えにっき》を、まだ、提出《ていしゅつ》していないんだ」

ミノルが気《き》にしてくれた宿題《しゅくだい》の提出日《ていしゅつび》は、とっくのむかしにすぎていた。

4年《ねん》も前《まえ》の、夏《なつ》なんだ。

「そのときの担任《たんにん》の先生《せんせい》は、もう別《べつ》の小学校《しょうがっこう》にいっちゃったし。どうしようか。書《か》きかけなんだよな」

「提出《ていしゅつ》していない上《うえ》に、書《か》きかけって……ひどいっ」

「いちおうさいごまで書《か》いて、多田見先生《ただみせんせい》に提出《ていしゅつ》してみようかな？」

「そして、まだ持《も》ってるんだ……すごいっ」

「でもさ、ミノル。小学《しょうがく》1年生《ねんせい》のころの絵日記《えにっき》を提出《ていしゅつ》されたら、きっと多田見先生《ただみせんせい》も困《こま》っちゃうと思《おも》わないか？」

「……そうだね、田中《たなか》くん。話《はなし》を聞《き》いただけのぼくが、どう返事《へんじ》をしたらいいのか、もうすでに困《こま》っちゃってるくらいだもんね」

「ごほん。よいかな、キミたち」

皇帝《こうてい》はせきばらいをして、話《はなし》をつづけた。

「田中《たなか》くん。次《つぎ》に会《あ》うときまでに、田中《たなか》くんが『なに』食《しょく》マスターを名《な》のるのか、決《き》めておいてくれ。これが、わしからの宿題《しゅくだい》じゃ」

「『なに』食《しょく》マスターを名《な》のるのか？」

「皇帝《こうてい》さん。『なに』食《しょく》マスターを名《な》のるのか、って、どういうことですか？」

皇帝《こうてい》はこたえてくれた。

「給食《きゅうしょく》マスターは、さまざまな種類《しゅるい》にわかれておるんじゃ」

たとえば、増田先輩《ますだせんぱい》は『皆食《かいしょく》マスター』を名《な》のっている。

飢《う》えの苦《くる》しみを乗《の》り越《こ》えて世界中《せかいじゅう》のみんなが食《た》べるのに困《こま》らない世《よ》の中《なか》をつくるという、大《おお》きな大《おお》きな目標《もくひょう》が、増田先輩《ますだせんぱい》にはある。

あるいは、給食皇帝《ロイヤルマスター》は、もともとは『健食《けんしょく》マスター』だった。

毎日《まいにち》の給食《きゅうしょく》に『医食同源《いしょくどうげん》』という考《かんが》え方《かた》をとりいれて、食事《しょくじ》から病気《びょうき》を治《なお》していくという研究《けんきゅう》を若《わか》いころの皇帝《こうてい》はしていたそうだ。

「あ。そういえば、聞《き》いたことがあるよっ」

1学期《がっき》のさいごに増田先輩《ますだせんぱい》がそんな話《はなし》をしてくれていたのを、ミノルは思《おも》いだしていた。

「あたらしい給食《きゅうしょく》マスターをつくる必要《ひつよう》もないぞ。父親《ちちおや》の食郎《たべろう》と同《おな》じ『秘食《ひしょく》マスター』になったって、もちろんかまわん」

「父《とう》さんと、同《おな》じ……」

父《とう》さんの名前《なまえ》は、食郎《たべろう》という。世界一周客船《せかいいっしゅうきゃくせん》の料理人《シェフ》をしている『秘食《ひしょく》マスター』だ。

世界各地《せかいかくち》で見《み》つけた貴重《きちょう》な食材《しょくざい》『レア・フード』を、必要《ひつよう》としている世界中《せかいじゅう》のみんなに広《ひろ》めて笑顔《えがお》にしているため、オレがばあちゃんと住《す》む団地《だんち》にはほとんど帰《かえ》ってこない。

給食《きゅうしょく》マスター委員会《いいんかい》を生《う》まれ変《か》わらせることを目指《めざ》し、弟子《でし》のロベルトを育《そだ》てた。

「田中《たなか》くんは、お父《とう》さんと同《おな》じ『秘食《ひしょく》マスター』を目指《めざ》すの？」

「うーん。ものすごく、興味《きょうみ》はあるよ。でも、どうなんだろう？　悩《なや》むよな」

「いますぐ決《き》めよ、というわけではないぞ。大事《だいじ》なことじゃから、きちんと考《かんが》えなさい」

皇帝《こうてい》は「よいしょ」と、大《おお》きな釜《かま》のデザインのソファに座《すわ》った。

「今回《こんかい》の指令《しれい》【ロベルトと、仲《なか》よくせよ】を達成《たっせい》できたと思《おも》ったら、むかえのミルク・カーに乗《の》ってロベルトくんと一緒《いっしょ》に報告《ほうこく》にきなさい。期限《きげん》は明日《あす》から1週間《しゅうかん》とする」

「はい！」

「そのときに、わしから田中《たなか》くんへの宿題《しゅくだい》に対《たい》するこたえも聞《き》くことにしよう」

それから、ちょっとだけふざけて、皇帝《こうてい》はつづけた。

「なお、宿題《しゅくだい》は、期限内《きげんない》にきちんと提出《ていしゅつ》するようにっ」

「……へへへ。はーい」

オレは頭《あたま》をかいた。

＊

次《つぎ》の日《ひ》。

「田中《たなか》くんっ」

20分休《ぷんやす》みに、ミノルが教室《きょうしつ》へかけこんできた。

「ロベルトは、御石井小学校《おいしいしょうがっこう》にだいぶ慣《な》れてきたみたいだよ」

なんでも、5年《ねん》2組《くみ》でミノルが聞《き》いてきてくれた話《はなし》によると。

サッカーで大活躍《だいかつやく》したり、給食《きゅうしょく》の「おかわりジャンケン」に参加《さんか》したり、「デュクシ！」

「デュクシ！」とじゃれ合《あ》いながら友《とも》だち同士《どうし》でおたがいをなぐるまねをしたり。

となりのクラスのロベルトには、どんどん友《とも》だちができているようだった。

「田中《たなか》くん。ロベルトをサッカーにいつさそうの？」

「じつは、今日《きょう》の放課後《ほうかご》にさそうつもりなんだ」

「このままのペースで田中《たなか》くんとも仲《なか》よくなれれば、指令《しれい》は達成《たっせい》できちゃうねっ」

「おうっ。1組《くみ》vs2組《くみ》で、サッカーのクラス対抗戦《たいこうせん》なんかやったら、すげーもりあがって

すぐに仲《なか》よくなれるぜ、きっと！」

ロベルトと仲《なか》よくすることを、鍋仙人《なべせんにん》のじいちゃんは「むずかしい」といっていた。

でも、やっぱり、そんなことはなかったじゃないか。

オレはこのとき、すっかり安心《あんしん》していた。

ところが。

事件《じけん》は、その日《ひ》の給食《きゅうしょく》の時間《じかん》に起《お》こったんだ。

その日《ひ》、給食《きゅうしょく》を食《た》べていると。

「おや？」

となりのクラスが、うるさかった。

「さては、教室《きょうしつ》に迷《まよ》い犬《いぬ》でもはいってきたんだな」

「……田中《たなか》くん。校庭《こうてい》ならまだわかるけど、教室《きょうしつ》にまではいってきたら大事件《だいじけん》だよ」

しばらく聞《き》いていると、どうやらケンカをしているみたいだった。

「心配《しんぱい》だな。ミノル、ちょっと見《み》にいこうか」

あまりにもはげしい声《こえ》のため、給食《きゅうしょく》の途中《とちゅう》だったけれども、オレたちは様子《ようす》を見《み》にいくことにした。

廊下《ろうか》からのぞいた5年《ねん》2組《くみ》の教室《きょうしつ》では、ふたりの男子《だんし》がいいあらそいをしていた。

「ロベルトっ！　なんで、あんなことしたんだよっ」

「だって、お前《まえ》っ！　あの給食《きゅうしょく》は、くさってたんだぞ！　食《く》えないぞ！」

「はぁ？」

「くさったものを食《た》べたらダメだから、オイラが守《まも》ってやったんじゃないか！」

5年《ねん》2組《くみ》の先生《せんせい》が間《あいだ》にはいっていても、ふたりは大《おお》きな声《こえ》でいい合《あ》っていた。

くさってる？

ロベルトのいっていることが、オレにはさっぱりわからなかった。

「見《み》てみろよ！」

怒《おこ》ったロベルトは床《ゆか》を指《ゆび》さす。

「変《へん》な糸《いと》ひいてるし、においもきついし！」

そこには。

今日《きょう》の給食《きゅうしょく》のメニューだった、納豆《なっとう》のカップが落《お》ちていた。

根場《ねば》くんという男子《だんし》とロベルトのいい合《あ》いはつづく。

「ふざけんな！　納豆《なっとう》はオレの大好物《だいこうぶつ》なんだよ！」

「大好物《だいこうぶつ》でも、くさったものを食《た》べたら、お腹《なか》をこわすぞ！」

「だからぁ、これはくさってるんじゃねぇんだよ！」

おしらせ

ロベルトも、根場《ねば》くんも、おたがいに一歩《いっぽ》もひかなかった。

「おい。なにがあったか、くわしく説明《せつめい》してくれないか？」

オレが尋《たず》ねると、5年《ねん》2組《くみ》の子《こ》たちは、困《こま》った顔《かお》で教《おし》えてくれた。


同《おな》じ給食班《きゅうしょくはん》の根場《ねば》くんが納豆《なっとう》を食《た》べようとしたその瞬間《しゅんかん》。

ロベルトは根場《ねば》くんの手《て》から、納豆《なっとう》のカップをたたき落《お》とした。

たまたま根場《ねば》くんが納豆《なっとう》を大好《だいす》きだったこともあって、たちまちふたりは大《おお》ゲンカ。


ここでロベルトは、オレとミノルが見《み》にきたことに気《き》がついた。

「あ。ミノルと……田中《たなか》か。ふんっ」

オレを見《み》て、ロベルトは少《すこ》しいやそうな顔《かお》をしていた。

でも、他《ほか》のクラスからヤジウマがきているとわかり、それでおちついたみたいだ。

「チクショウ。もういいよ」

イライラしながら、ロベルトはティッシュを手《て》にした。

「これ、捨《す》てるからなっ」

ロベルトは床《ゆか》に落《お》ちたカップの納豆《なっとう》を、ティッシュで何重《なんじゅう》にもくるんで。

ぽいっ。

教室《きょうしつ》にはいってすぐの、ゴミ箱《ばこ》に捨《す》てた。

カップから床《ゆか》へ中身《なかみ》がこぼれてしまっていたから、たしかに捨《す》てるしかなかった。

食《た》べられないなら、しかたがない。

けれども。

「ああ……」

ムダになってしまった食《た》べ物《もの》がゴミ箱《ばこ》に落《お》ちるのを見《み》た瞬間《しゅんかん》に、オレは正直《しょうじき》すごーくいやな気持《きも》ちになった。

もしもわざと食《た》べ物《もの》をムダにしたんだったら、ものすごく怒《おこ》っていただろう。

「なぁ、ロベルト」

思《おも》わず前《まえ》へでて、こういった。

「知《し》らなかったならしかたがないけど、納豆《なっとう》ってのは、そういう食《た》べ物《もの》なんだよ」

オレは納豆《なっとう》について、ロベルトに説明《せつめい》した。

くさっているんじゃなくて、チーズやヨーグルトのように『はっこう』しているんだということ。栄養《えいよう》がたっぷりで、おいしく、健康《けんこう》にいいこと。むかしよりも、においがしないようにつくられていること、などなど。

「ふーん。まぁ、そういわれてもなぁ」

ロベルトは納得《なっとく》していないみたいだ。

「ブラジルでも豆《まめ》はよく食《た》べるんだ。でも、ブラジルの豆料理《まめりょうり》はこんなんじゃないぞ。ナットウのにおいも、ネバネバも、いやだなぁ」

ロベルトは、残念《ざんねん》ながら、納豆《なっとう》の悪口《わるくち》をいってしまった。

「ナットウって、変《へん》な食《た》べ物《もの》だな。オイラ、ぜったいに食《く》えないよ」

変《へん》な食《た》べ物《もの》。

それを聞《き》いて怒《おこ》ったのが。

「おい、ロベルトっ！　頭《あたま》にきたぞ！」

納豆《なっとう》をロベルトにたたき落《お》とされた根場《ねば》くんだった。

「オレの大好物《だいこうぶつ》をそんなに悪《わる》くいうなら、おまえとはもう一緒《いっしょ》にあそびたくねぇよ！」

そこに、他《ほか》の男子《だんし》たちも口《くち》をそろえた。

「そうだ、そうだ！　納豆《なっとう》を食《く》えるまで、一緒《いっしょ》にあそばないぞ！」

根場《ねば》くんは大声《おおごえ》をだした。

「納豆《なっとう》を食《く》えば仲《なか》なおりするけれど、それまではもう一緒《いっしょ》にサッカーはしねぇから！」

なんだって？　それはまずい！

話《はなし》が急《きゅう》に変《か》わってしまい、オレはあせった。

みんなでサッカーができなくなったら、ロベルトと仲《なか》よくなるチャンスが、なくなってしまうじゃないか。指令《しれい》が達成《たっせい》できなくなるぞ。

となりのクラスのひととは、同《おな》じクラスより、仲《なか》よくなるチャンスは少《すく》ないのに！

あせるオレの前《まえ》で、5年《ねん》2組《くみ》の男子《だんし》たちはロベルトに文句《もんく》をいいつづけた。

「ねぇ、ちょっと待《ま》ってよ！」

ミノルはあわてて、間《あいだ》にはいった。

「仲間《なかま》はずれはよくないよ！　みんなで仲《なか》よく、サッカーしようよ！」

「うるせぇよ、ミノル」

「となりのクラスなんだから、だまってろよ！」

「だってさぁ……」

ミノルはオレたちの事情《じじょう》をわかってもらおうと、いっしょうけんめいにこう叫《さけ》んだ。

「ロベルトと仲《なか》よくならないと、田中《たなか》くんが困《こま》っちゃうんだよ！」

となりのクラスの男子《だんし》たちが、急《きゅう》なミノルの言葉《ことば》に、ふしぎそうな顔《かお》をする。

「は？」

「なんだよ、それ？」

「ミノル、どういうことだ？」

ミノルは、オレたちが考《かんが》えていた作戦《さくせん》を、すべてみんなに説明《せつめい》した。

「田中《たなか》くんは、ロベルトと仲《なか》よくなりたいんだ。ロベルトと仲《なか》よくなって、一緒《いっしょ》に給食《きゅうしょく》タワーに行《い》かないと、田中《たなか》くんは指令《しれい》を達成《たっせい》できないんだよ」

「は？　だからって、なんでサッカーを？」

「それは、ロベルトが田中《たなか》くんにだけは冷《つめ》たいから……。1組《くみ》と2組《くみ》のみんなで一緒《いっしょ》にサッカーができたら、みんなで仲《なか》よくなれると思《おも》ったんだ」

「へぇ、そうなのかぁ……」

とロベルトは、ミノルの言葉《ことば》を聞《き》いてからずっと、オレを見《み》つめていた。

なんだか、いやな予感《よかん》がした。

ロベルトは、オレの胸《むね》の星《ほし》のバッジを見《み》つめていた。

しばらくしてから、ロベルトはしずかにいいきった。

「オイラ、田中《たなか》と一緒《いっしょ》に給食《きゅうしょく》タワーにはいかないぞ」

「えええっ、そんなぁ！」

ミノルが思《おも》わず声《こえ》をあげた。

「ロベルト、なんでそんなことをいうんだよ！」

「だってさぁ、ミノル。オイラは田中《たなか》に負《ま》けたせいで、給食《きゅうしょく》マスターになれなくなっちまったんだぜ？　もう二度《にど》と、テストは受《う》けられないんだぜ？」

そうなんだ。

タッグ・マッチでオレに負《ま》けたロベルトは、もう給食《きゅうしょく》マスターにはなれないというルールだったんだ。

「それは、そうだけど……」

ロベルトはオレに目《め》をむけた。ほとんどにらんでいた。

「オイラは田中《たなか》のせいで給食《きゅうしょく》マスターになれなかったんだ。それなのに、なんで田中《たなか》に協力《きょうりょく》しなくちゃいけないんだよ？」

「うぅ……」

ミノルは言葉《ことば》につまってしまった。

「そんなにオイラと仲《なか》よくしたかったら、そうだなぁ……」

ロベルトは、ふしぎなことをいった。


「おい、田中《たなか》っ。オイラに、その、ナットウとやらを食《く》わせてみろよ」


ロベルトはわらってから呼《よ》びかけた。

「なぁ、ミノル。たしか『牛乳《ぎゅうにゅう》カンパイ係《がかり》』は、給食《きゅうしょく》に関係《かんけい》するどんな悩《なや》みも、かならず

NATTOH《ナットヴ》 BATTLE《バトル》
TANAKA《タナカ》
VS
ROBERTO《ロベルト》

解決《かいけつ》してくれるんだよな？」

「え？　うん、そうだよ」

返事《へんじ》を聞《き》いてからロベルトは、棒読《ぼうよ》みでこんな言葉《ことば》をつづけたんだ。

「ああ、困《こま》ったなぁ。オイラはナットウが食《た》べられないよ。ナットウを食《た》べられなかったら、クラスのみんなとサッカーを一緒《いっしょ》にできないよ」

このときロベルトは、もうわらっていなかった。

挑戦《ちょうせん》するような目《め》で、オレをじっと見《み》ていたんだ。

「でも、『牛乳《ぎゅうにゅう》カンパイ係《がかり》』の田中《たなか》くんだったら、きっと解決《かいけつ》してくれるんだろうなぁ？……いやぁ、さすがに無理《むり》かなぁ？」

ロベルトは、自分《じぶん》の代《か》わりに給食《きゅうしょく》マスターになったオレを、困《こま》らせてやろうとしているみたいだ。

オレとロベルトは、しずかににらみ合《あ》っていた。

いったい、これからどうなってしまうのか。

教室中《きょうしつじゅう》のみんなは、ひと言《こと》もしゃべらずに見守《みまも》っていた。

「……ああ、わかったよ」

ピリピリとした空気《くうき》の中《なか》でこたえた。

「ロベルト。おまえに納豆《なっとう》を食《た》べさせてやる」

「え、田中《たなか》くん？」

ミノルが不安《ふあん》そうにオレを見《み》る。

ロベルトの挑発《ちょうはつ》に乗《の》ってしまったのではないかと、心配《しんぱい》しているようだった。

「へぇー、これは楽《たの》しみだ。でも……」

ロベルトがするどく尋《たず》ねた。

「できなかったら、どうするんだよ？」

オレは少《すこ》しだまって考《かんが》えた。

それから、きっぱりと、こういったんだ。

「そのときはオレの負《ま》けだ。この給食《きゅうしょく》マスターの証《あかし》の星《ほし》バッジをおまえにやる！」

「はああああああっ？　田中《たなか》くん！」

ミノルはあわてて割《わ》りこんできた。

「なにいってんのさ！」

「どうした、ミノル？」

「『どうした？』じゃないよ！　宝物《たからもの》をかけたらダメじゃないかっ！」

たしかにオレの胸《むね》のこの星《ほし》のバッジは、給食《きゅうしょく》マスターであることを示《しめ》すものだ。

でも、それだけじゃない。

この星《ほし》のバッジは、オレの父《とう》さんがくれた、オレの本当《ほんとう》にたいせつな宝物《たからもの》なんだ。

「たいせつな宝物《たからもの》をかけるなんて、なんでそんな約束《やくそく》をするのさ……」

オレのムチャクチャな行動《こうどう》に、ミノルはちょっとあきれているようにも見《み》えた。

心配《しんぱい》するミノルをはさむようにして、ロベルトとバチバチとにらみ合《あ》う。

「田中《たなか》くん！　給食皇帝《ロイヤルマスター》からの指令《しれい》は【ロベルトと、仲《なか》よくせよ】なんだよっ？」

ミノルは不安《ふあん》をかくせないみたいだった。

皇帝《こうてい》の決《き》めた指令《しれい》達成《たっせい》の期限《きげん》は、１週間《しゅうかん》。

「仲《なか》よくなるどころか、ケンカみたいになっちゃったじゃないか！」

2杯目《はいめ》

納豆《なっとう》をおいしく料理《りょうり》せよ！

昼休《ひるやす》みになった。

「田中《たなか》くん、はやくはやく！」

ミノルにひっぱられて、オレは5年《ねん》1組《くみ》の教室《きょうしつ》をでる。

「おいおいミノル、そんなに腕《うで》をひっぱらないでくれよ」

「田中《たなか》くん、いそごうよ。星《ほし》のバッジがかかっているんだよ。ぜったいに負《ま》けられないいんだから、増田先輩《ますだせんぱい》に相談《そうだん》しなきゃ」

世界《せかい》で活躍《かつやく》する給食《きゅうしょく》マスターの増田先輩《ますだせんぱい》なら、きっと解決方法《かいけつほうほう》を知《し》っている。

オレを心配《しんぱい》してくれたミノルは、オレを6年《ねん》1組《くみ》の増田先輩《ますだせんぱい》に会《あ》わせるつもりみたいだった。

「きっとロベルトに納豆《なっとう》を食《た》べさせる方法《ほうほう》を、教《おし》えてくれるよっ」

ふたりで廊下《ろうか》を歩《ある》く。

「だいたいさぁ、田中《たなか》くん、なんで負《ま》けたら星《ほし》のバッジをあげるなんて約束《やくそく》をしちゃったのさ？」

「それはさぁ……」

ロベルトはきっと、タッグ・マッチで自分《じぶん》が負《ま》けたことを認《みと》めてはいないんだ。はるか遠《とお》くのブラジルから、オレに勝《か》つために、たったひとりで引《ひ》っ越《こ》してきたくらいなんだから。

ロベルトが自分《じぶん》の負《ま》けを認《みと》めていないってことは、オレが給食《きゅうしょく》マスターになったことも、認《みと》めてくれてはいないってことだ。

「ロベルトの給食《きゅうしょく》マスターへの強《つよ》い気持《きも》ちを考《かんが》えたら、きちんと決着《けっちゃく》をつけておいたほうがいいと思《おも》ったんだよな」

「うーん……」

ミノルは不満《ふまん》そうな声《こえ》をだした。

「だからって、お父《とう》さんからもらった大事《だいじ》なバッジをかけちゃったらダメだとぼくは思《おも》うんだよなぁ」

それから、ミノルはちょっとよくわからないことをいった。

「でも、よかったよ。ぼくが納豆《なっとう》を食《た》べられなくて」

「え？」

ミノルには、にがてな食《た》べ物《もの》がたくさんある。

それは知《し》っていたけれど、「よかった」というのがどういう意味《いみ》なのか、オレにはよくわからなかった。

「ミノル、どういうことだ？」

「ぼくは納豆《なっとう》がにがてだからね。田中《たなか》くんのつくった納豆料理《なっとうりょうり》をぼくが食《た》べられたら、ロベルトだって食《た》べられるんじゃないかって思《おも》ったんだ」

「ああ、そういうことか！　それはすごく助《たす》かるよ！」

どうやらミノルは、オレを手《て》つだってくれるみたいだった。

「ぼくが実験台《じっけんだい》になるから、じゃんじゃん納豆料理《なっとうりょうり》をつくってよ」

「ミノルっ？『実験台《じっけんだい》』って、変《へん》ないい方《かた》はやめてくれよ」

オレたちはふざけ合《あ》いながら、階段《かいだん》をあがる。

増田先輩《ますだせんぱい》のいる6年《ねん》1組《くみ》は、ひとつ上《うえ》の3階《がい》にあった。

「増田先輩《ますだせんぱい》、いるかなぁ？」

階段《かいだん》をあがるオレが、なんとなくつぶやくと。

「呼《よ》んだかい、田中《たなか》くんっ！」

増田先輩《ますだせんぱい》の声《こえ》が、階段《かいだん》に響《ひび》いた。

とつぜんの声《こえ》におどろいて、オレたちふたりは立《た》ちどまった。

「やあ。田中《たなか》くん。ごきげんよう！　ふははははははははははは。ははは。は。はっ。

げふん。げふっ。げふんっ」

オレたちは階段《かいだん》を見《み》あげた。

「ああ、増田先輩《ますだせんぱい》！」

「なにしてるんですかーっ！」

増田先輩《ますだせんぱい》はスノーボードみたいに大《おお》きなまな板《いた》の上《うえ》に乗《の》っていた。

大《おお》きなまな板《いた》に乗《の》ったまま、階段《かいだん》の手《て》すりの上《うえ》をざざーっとかっこよくすべりおりてきたんだ。マントがなびく。

「先輩《せんぱい》っ。まな板《いた》をふんだら、ダメですよーっ」

「安心《あんしん》したまえ、ミノルくんっ。このまな板《いた》は、高速移動用《こうそくいどうよう》なのさっ。廊下《ろうか》を走《はし》っては、いけないからね！」

オレとミノルは「高速移動用《こうそくいどうよう》のまな板《いた》」という言葉《ことば》を初《はじ》めて聞《き》いて、顔《かお》を見合《みあ》わせておどろいた。

ざざざざざざざざー。

手《て》すりの上《うえ》をすべりおりてきた増田先輩《ますだせんぱい》は、そのままの勢《いきお》いでジャンプした。まな板《いた》に乗《の》ったまま、スノーボードみたいにくるりと1回転《かいてん》。

それから空中《くうちゅう》でまな板《いた》をけりあげると、なにごともなかったかのように着地《ちゃくち》をし、宙《ちゅう》に飛《と》んだまな板《いた》をさっとキャッチして脇《わき》にかかえた。

「田中《たなか》くん。どうやら、ぼくに用事《ようじ》があるみたいだね？」

「ああ、そうなんです！」

ザザザザ

ロベルトに納豆《なっとう》を食《た》べさせなくちゃいけないことを、オレは増田先輩《ますだせんぱい》に話《はな》そうとしたのだけれど。

「しかし、悪《わる》いが、話《はなし》を聞《き》いている時間《じかん》がない。ぼくはすぐに、でかけなくてはならないんだ」

「え、どうして？」

「以前《いぜん》、『暴食盗団《ぼうしょくとうだん》』の話《はなし》をしたことがあったね？」

「はい」

増田先輩《ますだせんぱい》のいう『暴食盗団《ぼうしょくとうだん》』とは、貴重《きちょう》な道具《どうぐ》や食材《しょくざい》を盗《ぬす》んでしまう、悪《わる》い給食《きゅうしょく》マスターたちのことだ。

「なんでも『暴食盗団《ぼうしょくとうだん》』に動《うご》きがあったようで、給食《きゅうしょく》タワーにすぐにくるよう給食皇帝《ロイヤルマスター》から連絡《れんらく》があったんだ」

どうやら、今日《きょう》の増田先輩《ますだせんぱい》はとてもいそがしいみたいだ。

「それにね、田中《たなか》くん」

増田先輩《ますだせんぱい》は、ひとさし指《ゆび》を立《た》てて、つづけた。

「おそらくキミたちは、給食皇帝《ロイヤルマスター》からだされた指令《しれい》について、ぼくに相談《そうだん》をしにきたんじゃないのかい？」

「すごい！　そのとおりなんです！」

ミノルが声《こえ》をあげた。

「ははははは、ミノルくん。守《まも》るべき大事《だいじ》な下級生《かきゅうせい》のことだからね。だいたい予想《よそう》がつくものさ。でもね」

わらっていた増田先輩《ますだせんぱい》の顔《かお》が、急《きゅう》にまじめになった。

「残念《ざんねん》だけれど、ぼくは田中《たなか》くんの相談《そうだん》には乗《の》れないんだ。時間《じかん》がないということもあるが、それだけではない」

増田先輩《ますだせんぱい》はつづける。

「田中《たなか》くんはもう、給食《きゅうしょく》マスターなのだからね」

「えええっ、どういうことですかっ？」

先輩《せんぱい》は意地悪《いじわる》をするひとではない。

なにか深《ふか》い意味《いみ》があるに決《き》まってると思《おも》い、オレはミノルをおちつかせた。

先輩《せんぱい》は笑顔《えがお》でつづけた。

「給食《きゅうしょく》マスターは、どんなむずかしい指令《しれい》だって、自分《じぶん》の力《ちから》で乗《の》り越《こ》えなければならないのさ。今回《こんかい》、田中《たなか》くんは、給食《きゅうしょく》マスターになって初《はじ》めての指令《しれい》にチャレンジする」

「だったら、なおさら協力《きょうりょく》してくれたっていいのに……」

ミノルは心配《しんぱい》そうにつぶやいた。

先輩《せんぱい》はやさしく首《くび》を横《よこ》にふる。

「ぼくはもう、田中《たなか》くんのことを、守《まも》るべき大事《だいじ》な下級生《かきゅうせい》だとは思《おも》っていない。ひとりの、一《ひと》ツ星《ぼし》の給食《きゅうしょく》マスターだと思《おも》っている」

意外《いがい》な言葉《ことば》に、オレとミノルは、はっと息《いき》をのんだ。

「だから、協力《きょうりょく》はおしまないけれども、まずは先輩《せんぱい》の給食《きゅうしょく》マスターにたよるのではなく、自分《じぶん》の力《ちから》で指令《しれい》にぶつかってほしいのさ」

増田先輩《ますだせんぱい》は、給食《きゅうしょく》マスターになったばかりのオレを、きちんと認《みと》めてくれていた。

増田先輩《ますだせんぱい》にひとりの給食《きゅうしょく》マスターとして認《みと》めてもらえたことが、オレはうれしくてしかたがなかった。

「先輩《せんぱい》、わかりました」

オレはうなずいた。

「まずは自分《じぶん》で考《かんが》えてみます」

「ああ。その上《うえ》で相談《そうだん》があれば、いつでもぼくのところへきたまえ」

「はいっ」

「それではふたりとも、ごきげんよう！」

皇帝《こうてい》に呼《よ》ばれているという先輩《せんぱい》は、ふたたび高速移動用《こうそくいどうよう》のまな板《いた》に飛《と》び乗《の》った。

ざざざざざざざざー。

それからスノーボードで山《やま》をくだるみたいに、猛《もう》スピードでざざーっと手《て》すりをくだって去《さ》ってしまった。

「田中《たなか》くん、増田先輩《ますだせんぱい》にヒントをもらえなかったけど、だいじょうぶかな？」

「ああ、もちろん」

「納豆《なっとう》がにがてなひとでも食《た》べられる料理《りょうり》かどうかは、納豆《なっとう》がにがてなぼくも協力《きょうりょく》するからまかせてよ」

「ありがとう、ミノル。たよりにしてるぜ、『実験台《じっけんだい》』だっ」

オレがわざとふざけてそんなことをいうと、ミノルはわらった。

＊

5年《ねん》1組《くみ》の教室《きょうしつ》へ、オレたちは戻《もど》った。

「おい、田中《たなか》」

のしのしと近《ちか》づいてきたのは、大久保《おおくぼ》ノリオだった。

ノリオは5年《ねん》1組《くみ》の『恐怖《きょうふ》の大王《だいおう》』だ。

なにをやらかすか、行動《こうどう》がまったく読《よ》めない。けれども、意外《いがい》と友《とも》だち思《おも》いで、なみだもろいところもある、けっこうにくめないやつだ。

ところが自分《じぶん》を世界《せかい》で一番親切《いちばんしんせつ》だと思《おも》っていて、とんでもないおせっかいを、悪気《わるぎ》なくやく。だからときどき、まわりのみんなの迷惑《めいわく》になってしまうこともあるんだ。

あと、ほとんど毎日《まいにち》、右《みぎ》か左《ひだり》の鼻毛《はなげ》がでている。

週《しゅう》に1回《かい》は、両方《りょうほう》からでている。

「お前《まえ》、ロベルトに納豆《なっとう》を食《く》わせなきゃなんねーんだってな」

「ああ」

「なにかヒミツの作戦《さくせん》はあるのかよ？」

「いいや」

オレは首《くび》を横《よこ》にふった。

「これから考《かんが》えるんだ」

「おお、そうなのかっ」

なぜだかノリオはうれしそうだ。

「困《こま》っているやつを、オレはほうってはおけないんだ。いいことを教《おし》えてやろう」

「いいこと？」

「納豆《なっとう》にあることをすると、すごくおいしく、食《た》べやすくなるんだ」

大《おお》きな体《からだ》でひそひそと、ノリオはオレに耳打《みみう》ちした。

「納豆《なっとう》にソースをまぜると、ななな、なんとっ……ソース味《あじ》になるんだ！」

「はい？」

あたり前《まえ》だろ！

ああ、いやいや。

あたり前《まえ》じゃないか。

たしかにソース味《あじ》にはなるのかもしれない。

けれども、納豆《なっとう》にソースをいれるなんて、オレには考《かんが》えられなかった。ふつうは、タレとかしょう油《ゆ》だろ？

オレは反論《はんろん》しようとした。

「なぁ、ノリオ。納豆《なっとう》にはふつう、ソースをいれな……**むごっ。むごむごむごっ**」

ノリオの大《おお》きな手《て》が、ぐいっとオレの口《くち》をふさいだんだ。

「しーっ！」

ノリオがひとさし指《ゆび》を立《た》てて口《くち》もとにあてると、右《みぎ》の鼻《はな》の穴《あな》から元気《げんき》な鼻毛《はなげ》がコンニチハ☺していた。

「困《こま》っている田中《たなか》のために、親切《しんせつ》なオレがとっておきの情報《じょうほう》を教《おし》えてやったんだ。ヒミツなんだ。誰《だれ》にもいうんじゃない！」

「むご。むご。むごごごっ」

おい、こら、ノリオ。手《て》をはなせ。このままじゃ、息《いき》ができないんだよっ。

オレは口《くち》にあてられているノリ

オの手《て》を、強引《ごういん》にどけた。

「ぷはぁ。はぁ。はぁ」

息《いき》をととのえ、ノリオに聞《き》いた。

「おいおい、ノリオ。納豆《なっとう》にソースって、それホントかよ？」

「ああ、本当《ほんとう》だ」

正直《しょうじき》、聞《き》いたことがなかった。

「大久保家《おおくぼけ》では、納豆《なっとう》にはソースなんだ。しょう油《ゆ》のときより、くさみが消《き》えて、おいしくなるぞ」

ノリオは自信満々《じしんまんまん》に、胸《むね》をはった。

「だまされたと思《おも》って、やってみろ」

あ。

これは、本当《ほんとう》にだまされるパターンじゃないのか？

「お、おお。ノリオ、サンキュー……」

そう思《おも》ったオレは、心《こころ》の中《なか》でこっそりと、ノリオのアドバイスを忘《わす》れることにした。

ノリオはまわれ右《みぎ》をした。

「ああ！　オレの大《おお》きな大《おお》きなやさしさで、またひとり友《とも》だちを助《たす》けちまったなぁ！」

ノリオは満足《まんぞく》そうにそう叫《さけ》ぶと、サッカーをしに、教室《きょうしつ》をでていった。


「田中《たなか》くん、なんの話《はなし》だったの？」

自分《じぶん》の席《せき》に着《つ》くと、ミノルが聞《き》いてきた。

「いやぁ、たいしたことじゃなかったよ」

うーん、しかし、納豆《なっとう》にソースかぁ。

……試《ため》してみるにも、勇気《ゆうき》がいるなぁ。

「ねぇ、田中《たなか》くん。ロベルトに納豆《なっとう》を食《た》べさせるための料理《りょうり》をどうするのか、なにか決《き》めているの？」

「いやぁ、いまから考《かんが》えるんだけどさ」

そういってオレは、いつも持《も》っている母《かあ》さんの秘伝《ひでん》のノートを、机《つくえ》の中《なか》からとりだしたんだ。

「まずはこれを調《しら》べてみようと思《おも》っているんだ」

このノートは、母《かあ》さんが亡《な》くなる前《まえ》にいろんな料理《りょうり》のレシピを書《か》きためてくれた、とても大事《だいじ》なものなんだ。

オレはノートの中《なか》から、納豆《なっとう》のページを見《み》つけて、ひらく。

「へぇ。いろいろのっているんだね」

ノートをのぞきこんだミノルが感心《かんしん》して声《こえ》をあげた。

「そうだな。食《た》べやすい納豆料理《なっとうりょうり》がこんなにたくさんあるなんて、オレもぜんぜん知《し》らなかったよ」

納豆《なっとう》が給食《きゅうしょく》にでることはあまり多《おお》いとはいえない。

だからこの秘伝《ひでん》のノートをボロボロになるまで読《よ》みこんでいたはずのオレも気《き》づいていないことがたくさん書《か》いてあった。

予想以上《よそういじょう》にたくさんのメニューが、そこには書《か》かれていたんだ。

「天《てん》ぷらに、オムレツに、チャーハンに、あげギョウザ。へぇ！　刻《きざ》んだたくあんやキムチをまぜてもいいのか。納豆《なっとう》のみそ汁《しる》に、マーボー豆腐《どうふ》にまぜるレシピまであるぞ！」

「これだけたくさんのメニューがあれば、きっとひとつくらい、ロベルトが食《た》べられる納《なっ》豆料理《とうりょうり》があるはずだよねっ」

オレとミノルは笑顔《えがお》になった。

「今日《きょう》の放課後《ほうかご》に、家庭科室《かていかしつ》でつくってみようぜ！」

「うん！」

するとここで、あやしい声《こえ》が、どこからともなく聞《き》こえてきた。

「ぶりん！　ぶりん、ぶりん、ぶりん！」

え？　なんだ、この変《へん》な声《こえ》は？

「あ、田中《たなか》くん。あそこだよ」

窓《まど》の外《そと》をミノルは指《ゆび》さす。

校庭《こうてい》では5年《ねん》1組《くみ》vs5年《ねん》2組《くみ》のサッカーの試合《しあい》のさいちゅうだった。

いまのは、はやくも試合《しあい》で活躍《かつやく》したノリオがあげた、よろこびの声《こえ》のようだった。

「おいおい、さっきまで教室《きょうしつ》にいたんだぜ？」

信《しん》じられないほどの速《はや》さでノリオは校庭《こうてい》にでたらしい。

「もう校庭《こうてい》についてて、しかも活躍《かつやく》までしてる……」

ゴールキーパーのノリオは、5年《ねん》1組《くみ》の『鉄《てつ》の守護神《しゅごしん》』だ。

ノリオはどんなシュートも自分《じぶん》のおしりでブロックするという、通称《つうしょう》『ブリブリのおしり』の使《つか》い手《て》なんだ。

おや？

校庭《こうてい》のサッカーを見《み》ていて、オレは気《き》がついた。

いないんだ。

「ねえ、田中《たなか》くん。やっぱり、いないね」

一緒《いっしょ》に校庭《こうてい》を見《み》おろすミノルも、同《おな》じことを思《おも》ったようだ。


「ロベルトは、サッカーに参加《さんか》していないみたいだな」


さっきの給食《きゅうしょく》の時間中《じかんちゅう》のケンカのせいだ。

ロベルトはクラスの男子《だんし》から「もう一緒《いっしょ》にサッカーはしねぇから！」などといわれてし

まっていた。

どうやら5年《ねん》2組《くみ》の男子《だんし》たちは、ケンカの勢《いきお》いでいったんじゃなくて、本気《ほんき》でいっていたみたいなんだ。

「困《こま》ったね、田中《たなか》くん。1週間《しゅうかん》以内《いない》にロベルトと仲《なか》よくすることが、給食皇帝《ロイヤルマスター》からだされた指令《しれい》だっていうのに」

ミノルはオレのことを心配《しんぱい》してくれていた。

ミノルの心配《しんぱい》はもちろんうれしかったんだけど、じつはそのオレは、ここにいないロベルトのことを心配《しんぱい》していた。

日本《にほん》の真裏《まうら》にあるブラジルから、たったひとりで、知《し》らない町《まち》に引《ひ》っ越《こ》してきたんだ。

それなのに、ちょっとしたことからケンカになって、みんなの仲間《なかま》にはいれない。

どうしたって、さみしいはずだ。

「ねぇ、田中《たなか》くん」

ここで声《こえ》をかけてきたのが。

「ふたりとも、どうした?」

クラス委員長《いいんちょう》の三田《みた》ユウナと、難波《なんば》ミナミだった。

ふたりとも、まじめな表情《ひょうじょう》だった。

「なぁ、田中《たなか》。あれ見《み》てみ」

ミナミが指《ゆび》さしたのは、校庭《こうてい》のすみっこ。

砂場《すなば》や鉄棒《てつぼう》がある、金網《かなあみ》のフェンスの横《よこ》だった。

「あれは……、あれ？」

鉄棒《てつぼう》のところに、誰《だれ》かがいた。

「ロベルトじゃないか」

ロベルトはたったひとりでぐるぐると、鉄棒《てつぼう》でひたすらまわっていた。

ばつぐんの運動神経《うんどうしんけい》だ。オリンピック選手《せんしゅ》みたいな、きれいな大車輪《だいしゃりん》だった。

ぐるんぐるん・ぐるぐるぐると、こっちが心配《しんぱい》になるくらいの速《はや》いスピードでまわっている。まさか、あまりに速《はや》くまわりすぎて、とけてバターにならないよな？

「おおお、あれはすごいな」

さいしょはロベルトの運動神経《うんどうしんけい》のすごさに、単純《たんじゅん》に感心《かんしん》していたんだけど。

ぐるん
ぐるん
トロ～～
ズル…
ブリ？

「田中《たなか》、そうじゃなくてな」

ミナミにいわれて、気《き》がついた。

「なんか、さみしそうに見《み》えへん？」

ユウナがつづけた。

「なんか、ひとりでぽつんと、ヤケになっているみたいに見《み》えちゃうんだよね」

たしかにふたりのいうとおりだった。

すぐ近《ちか》くでサッカーをするみんなのわいわいとさわがしい声《こえ》が聞《き》こえるから、なおさらそう思《おも》えたのかもしれない。

「ねえ、田中《たなか》くん」

ミノルは、じっとだまってロベルトを見《み》ていた。

それから、真剣《しんけん》に聞《き》いてきた。

「田中《たなか》くんは、引《ひ》っ越《こ》しをしたことってある？」

「いいや。ないよ。オレは生《う》まれてからずっと、御石井市《おいしいし》にいるから」

「そっか。あのさ、知《し》らない学校《がっこう》に転入《てんにゅう》するのって、ものすごく緊張《きんちょう》するんだよ」

「せやな」

ミナミも間《あいだ》にはいる。

「さすがのうちも、大阪《おおさか》の小学校《しょうがっこう》からこっちに転入《てんにゅう》したときには、もうガッチガチやったわぁ。緊張《きんちょう》したときのミノルと同《おな》じや。歩《ある》こうとしたら、右手《みぎて》と右足《みぎあし》、同時《どうじ》に前《まえ》にでたもん」

ミノルは今年《ことし》の5月《がつ》に、ミナミは小学校《しょうがっこう》3年生《ねんせい》のときに、それぞれ御石井小学校《おいしいしょうがっこう》に転入《てんにゅう》してきた。

「ぼくも転入生《てんにゅうせい》だったからわかるんだ。いままで仲《なか》よくしていた友《とも》だちが、いっぺんにゼロになっちゃうのって、本当《ほんとう》につらいんだよ」

ミノルはしっかりオレを見《み》た。

「ロベルトの田中《たなか》くんへの態度《たいど》は、たしかにあんまりよくないよ。でも、ロベルトはいま、急《きゅう》にいっぺんに友《とも》だちがゼロになっちゃって、たぶんすごくつらいんだよ。さみしいんだよ」

ミノルは、ロベルトに自分《じぶん》を重《かさ》ねているみたいだ。

「ぼくはさいしょは、『田中《たなか》くんのために、皇帝《こうてい》からだされた指令《しれい》をクリアしなきゃ！』ってだけ思《おも》っていたんだ。それはもちろん、いまでもそうだよ。でもね」

おとなしいミノルにしてはめずらしく、強《つよ》いしゃべり方《かた》だった。

「ひとりでつまらなそうにしているロベルトを見《み》ていたらさぁ、どうにかして、ロベルトとみんなに仲《なか》なおりしてほしいって思《おも》ったんだ」

ミナミもユウナもうなずいている。

「おねがいだよ、田中《たなか》くん。ロベルトを、みんなの輪《わ》に戻《もど》してあげてよ」

皇帝《こうてい》がだした指令《しれい》として、「ロベルトと仲《なか》よくしろ」とオレはいわれていた。

そりゃもちろん、さいしょは自分《じぶん》の指令《しれい》をクリアすることだけを考《かんが》えて、そのために行《こう》動《どう》していた。

けれども、オレだってロベルトのことが心配《しんぱい》だ。みんなと気持《きも》ちは同《おな》じなんだ。

「だいじょうぶだ、ミノル」

オレは大《おお》きくうなずいた。

「オレに、まかせとけっ」

ミノルの表情《ひょうじょう》が、たちまち明《あか》るくなった。

「ありがとう、田中《たなか》くん！」

「放課後《ほうかご》、ロベルトのために、一緒《いっしょ》に納豆料理《なっとうりょうり》をつくろうぜっ」

＊

放課後《ほうかご》の家庭科室《かていかしつ》には、オレ、ミノル、ユウナの3人《にん》が集《あつ》まっていた。

御石井小学校《おいしいしょうがっこう》の家庭科室《かていかしつ》は、自由《じゆう》に使《つか》っていいことになっている。冷蔵庫《れいぞうこ》にはいろんな食材《しょくざい》がはいっているし、調味料《ちょうみりょう》も調理器具《ちょうりきぐ》も使《つか》い放題《ほうだい》だ。

じつは、昼休《ひるやす》みの終《お》わるギリギリに。

オレは家庭科室《かていかしつ》へいって、炊飯器《すいはんき》のタイマーをセットしておいた。

ロベルトのための、においやネバネバの気《き》にならない納豆料理《なっとうりょうり》には、ごはんが必要《ひつよう》だったんだ。

「あれ、ミナミはどうした？」

ユウナがこたえる。

「放課後《ほうかご》に体育委員《たいいくいいん》の仕事《しごと》があるのを、うっかり忘《わす》れていたんだって。あとからくるって、いってたよ」

「そうか。じゃあ、先《さき》に始《はじ》めてようぜ」

オレはさっそく冷蔵庫《れいぞうこ》から、納豆《なっとう》をとりだして、まぜ始《はじ》めた。

「うわぁっ」

大《おお》きく叫《さけ》んだミノルは、ささっとオレからはなれていく。

家庭科室《かていかしつ》のすみっこへ逃《に》げると、首《くび》をのばしてこっちの様子《ようす》をうかがっていた。

「田中《たなか》くん。まぜるなら教《おし》えておいてよ」

「逃《に》げるなんて、おおげさだなぁ」

「納豆《なっとう》のにおいは、本当《ほんとう》ににがてなんだ」

「そうかー。今日《きょう》の料理《りょうり》は、つくりがいがあるなぁ」

ざざっとまぜた納豆《なっとう》のパックを置《お》いて、オレはザルを手《て》に持《も》った。

ユウナがつぶやく。

「たしかに納豆《なっとう》をまぜたら、とうぜん、においはするよね。ミナミは『委員会《いいんかい》の仕事《しごと》でおそくなる』っていってたけど、それでよかったかもしれないよ」

「ああ、そうだな」

というのも。

ミナミは、くさいにおいをかいだときだけは、信《しん》じられないくらいに不機嫌《ふきげん》になる。不機嫌《ふきげん》になったミナミはみんなから『帝王《ていおう》』と呼《よ》ばれ、ものすごくおそれられているんだ。その不機嫌《ふきげん》ぶりはものすごくて、あのノリオですら、おびえて泣《な》きそうになるほどだ。

ミナミが納豆《なっとう》のにおいをかぐことにならなくて、オレたち3人《にん》はほっとした。

「ところで、田中《たなか》くん。どんな料理《りょうり》をつくるの？」

ユウナの質問《しつもん》に、オレはこたえる。

「納豆《なっとう》チャーハンだ」

「へえ、聞《き》いたことないよ！　ネバネバした納豆《なっとう》を、パラパラにいためるの？　なんだかむずかしそう」

「そんなことないさ。だって、ネバネバしないんだから」

オレの言葉《ことば》に、ユウナは首《くび》をかしげた。

においから逃《に》げるために遠《とお》くはなれていたミノルが、家庭科室《かていかしつ》のすみっこから、声《こえ》だけを大《おお》きくしてつっこんだ。

「いま、田中《たなか》くんの手《て》には、まぜた納豆《なっとう》のパックがあるじゃないかっ。どう見《み》たって、ネバネバしているよっ」

「ははは、ミノル。まぁ、見《み》てろよ」

オレはそのまま、用意《ようい》したザルを流《なが》しに置《お》くと。

水道《すいどう》の水《みず》をだしてから。

「なにしてんのーっ！」

納豆《なっとう》を、水道《すいどう》の水《みず》で洗《あら》ったんだ。

「なにって、ミノル。納豆《なっとう》チャーハンの下準備《したじゅんび》に決《き》まってるだろ」

「……納豆《なっとう》って、水《みず》で洗《あら》っちゃってもだいじょうぶなの？」

大《おお》きくおどろくミノルとちがって、ユウナは冷静《れいせい》に聞《き》いてきた。まぁ、ミノルの場合《ばあい》は、納豆《なっとう》のにおいから逃《に》げるために遠《とお》くにいるから声《こえ》が大《おお》きくなっちゃうってのもあるんだけど。

「うーん。本当《ほんとう》は洗《あら》わないほうが、栄養《えいよう》がのこるんだ。でも今回《こんかい》は『にがてなひとに食《た》べてもらう』ってのが目的《もくてき》だから、いいんじゃないかな？」

納豆《なっとう》を洗《あら》うと、うまみや栄養《えいよう》が水《みず》で流《なが》されてしまう。

けれども、においも少《すく》なくなるから、にがてなひとにはもってこいだ。

「へぇ！　田中《たなか》くん、よく知《し》ってるね！」

ミノルは遠《とお》くから感心《かんしん》していた。

ぽいっ。

オレは納豆《なっとう》を洗《あら》ってから、なんとなく、納豆《なっとう》のパックを流《なが》しにほうった。

それから、空《から》っぽの中華鍋《ちゅうかなべ》をコンロにのせて、火《ひ》をつけた。

つづいてチャーハンに使《つか》う具材《ぐざい》をすべてこまかく刻《きざ》んだ。小粒《こつぶ》の納豆《なっとう》くらいの大《おお》きさに、ニンジンや玉《たま》ねぎをカットした。

卵《たまご》も割《わ》って、といておいた。しょう油《ゆ》なども用意《ようい》した。

そうしてさいご、今日《きょう》の大事《だいじ》なヒミツの調味料《ちょうみりょう》を、オレは小皿《こざら》の上《うえ》に準備《じゅんび》した。

「あ、田中《たなか》くん。小皿《こざら》にはいっている、この粉《こな》はなぁに？」

「ああ、これはな……」

と、オレがヒミツの調味料《ちょうみりょう》の説明《せつめい》を、ユウナにしようとしていたら。

「あああっ、田中《たなか》くん！」

遠《とお》くから、ミノルが声《こえ》をあげた。

「中華鍋《ちゅうかなべ》から、けむりがでてるーっ！」

オレが火《ひ》をかけっぱなしにしていた中華鍋《ちゅうかなべ》からは、もうもうと、白《しろ》いけむりがあがっていた。

「火事《かじ》になっちゃうよ！　コンロの火《ひ》を、消《け》さなきゃーっ！」

遠《とお》くからミノルは叫《さけ》ぶけれども、オレはのんきにこうこたえた。

「ミノルー。中華鍋《ちゅうかなべ》は、もう少《すこ》しほうっておくぞ」

「はぁ？」

もうもうと、けむりのあがる中華鍋《ちゅうかなべ》。

ゆうゆうと、ごはんを炊飯器《すいはんき》からよそうオレ。

「さーて、そろそろかな」

オレは中華鍋《ちゅうかなべ》に油《あぶら》をたらすと、右手《みぎて》にお玉《たま》をにぎりしめた。

「あっという間《ま》にできあがるから、見《み》ててくれ！」

オレは準備《じゅんび》の終《お》わった材料《ざいりょう》を、次々《つぎつぎ》と、けむりのあがる灼熱《しゃくねつ》の鍋《なべ》にいれていったんだ。

「牛乳《ぎゅうにゅう》カンパイ係《がかり》、田中十六《たなかじゅうろく》奥義《おうぎ》のひとつ！　光速阿修羅《こうそくあしゅら》いため☆」

「光速《こうそく》？」

「阿修羅《あしゅら》？」

ミノルもユウナも首《くび》をかしげていたけれど、ここからはスピードが命《いのち》なんだ。

オレはふたりの疑問《ぎもん》にはこたえず、いそいで調理《ちょうり》にとりかかった。

中華鍋《ちゅうかなべ》に卵《たまご》をいれていたため、カットした野菜《やさい》をいれてからいため、洗《あら》った納豆《なっとう》をいれてはやっぱりいため、ごはんをいれてさらにいためる。

「うりゃりゃりゃりゃりゃりゃりゃりゃりゃりゃーっ！」

「あああっ！　あまりにも速《はや》いスピードでいためているから、鍋《なべ》とお玉《たま》を持《も》った田中《たなか》くんの手《て》が6本《ぽん》に見《み》えるよ！」

ミノルたちからは、鍋《なべ》や手《て》があまりに速《はや》く動《うご》いているから分身《ぶんしん》して見《み》えているんだ。

「しかも、納豆《なっとう》いりのチャーハンなのにパラパラだよ！」

光速《こうそく》で動《うご》く中華鍋《ちゅうかなべ》の中《なか》で、パラパラのチャーハンはぐるぐるとまわる。

けむりがでるほど中華鍋《ちゅうかなべ》を熱《あつ》くしたのは、具材《ぐざい》やごはんをいれたときに冷《さ》めないようにするためだ。冷《さ》めちゃうと、パラパラにできないんだ。

「よーし、さいごに味《あじ》をつけちゃうぞ！」

「えええっ、はやい！　もうできあがるのっ？」

オレはしょう油《ゆ》を、鍋《なべ》に直接《ちょくせつ》たらした。

じゅーっ！

しょう油《ゆ》がこげるうまそうな音《おと》と一緒《いっしょ》に、おいしそうな香《かお》りが広《ひろ》がってくる。

光速阿修羅いため☆

そうして、ここで。

さっきユウナが気《き》にしていた、ヒミツの調味料《ちょうみりょう》の登場《とうじょう》だ。

このヒミツの調味料《ちょうみりょう》は、「光速阿修羅《こうそくあしゅら》いため☆」の一番大事《いちばんだいじ》な味《あじ》つけになる。

オレはヒミツの茶色《ちゃいろ》い粉《こな》を、チャーハンにふりかける。

ささっといためて、大皿《おおざら》にどーんともりつけた。

「納豆《なっとう》チャーハンの、完成《かんせい》だぜ！」

すると、ここで。

ガラガラガラガラ。

「ああ。ユウナ、ほんまごめんなー」

委員会《いいんかい》の終《お》わったミナミが、おくれて家庭科室《かていかしつ》へとかけこんできたんだ。

「はぁ、はぁ、はぁ」

ちょうどオレがチャーハンの大皿《おおざら》を置《お》いた目《め》の前《まえ》で、ミナミは息《いき》をきらせている。

「はぁ。あわてて階段《かいだん》をあがってきたから、しずかに息《いき》ができへんわ。ん？　あら？　この香《かお》りは、もしかして……？」

ミナミの目《め》の前《まえ》にあるのは、オレのつくった納豆《なっとう》チャーハンだ。

ミナミが納豆《なっとう》チャーハンのにおいをかごうとするその瞬間《しゅんかん》に、ミノルとユウナは声《こえ》をそろえた。

「「納豆《なっとう》のにおいをかいじゃ、ダメーっ！」」

オレのつくった納豆《なっとう》チャーハンで、ミナミが『帝王《ていおう》』状態《じょうたい》になるのを、ミノルもユウナも心配《しんぱい》していた。

声《こえ》をあげたふたりはかたまったたまま、ミナミをじっと見《み》つめている。

「ああ。カレーの、うまそうな香《かお》りやなぁ」

「よしっ」

オレは思《おも》わずガッツポーズをしていた。

オレが「光速阿修羅《こうそくあしゅら》いため☆」でつくった納豆《なっとう》チャーハンは、カレー味《あじ》のチャーハンだったんだ。

さいごにかけたヒミツの調味料《ちょうみりょう》は、粉末《ふんまつ》になったカレーのルーだ。

ユウナがミナミにかくにんした。

「納豆《なっとう》の料理《りょうり》なのに、『帝王《ていおう》』状態《じょうたい》にならないの？」

「なんでやねん。このチャーハンからは、納豆《なっとう》のにおいはせぇへんよ」

「え？　納豆《なっとう》のにおいが、しないの……？」

ずっと遠《とお》くにいたミノルが、おそるおそる近《ちか》づいてきた。

「……本当《ほんとう》だ」

近寄《ちかよ》ってきたミノルは、自分《じぶん》から香《かお》りをかいだ。

「さすがは田中《たなか》くんだ！　田中《たなか》くんは、ミナミちゃんが『帝王《ていおう》』状態《じょうたい》にならない納豆料理《なっとうりょうり》をつくっちゃったよ」

納豆《なっとう》のにおいもネバネバも解決《かいけつ》したチャーハンを、ミノルはふしぎそうに見《み》ている。

「本当《ほんとう》に、おいしそうだなぁ」

ミノルはそういってから、いそいそとスプーンを持《も》ってきて、ひと口《くち》すくった。

納豆《なっとう》がにがてなはずなのに、がまんしきれなかったみたいだ。

ミノルは納豆《なっとう》チャーハンを口《くち》にいれた。

「……あ」

ミノルの反応《はんのう》に、オレたちはじっと注目《ちゅうもく》する。

「も、ものすごくおいしいっ！」

スプーンをくわえたまま目《め》を大《おお》きくひらいたミノルに、まじめなユウナが注意《ちゅうい》する。

「ミノルくん。いくらおいしそうだったからって、『いただきます』もいわないで、つまみ食《ぐ》いはよくないよ」

「ああ、しまった！」

ミノルはあわててスプーンを背中《せなか》にかくしてから、はずかしそうに頭《あたま》をかいた。

＊

1枚《まい》の大皿《おおざら》にのった山《やま》もりの納豆《なっとう》チャーハンを、オレたちはそれぞれ小皿《こざら》にわけた。

「わぁ、おいしいね！」

「めっちゃうまいやん！」

「田中《たなか》くん、ぼく、おかわりするよ！」

3人《にん》の反応《はんのう》を見《み》て、オレはすっかり安心《あんしん》した。

ところが。

小皿《こざら》のチャーハンを食《た》べ終《お》わったミナミが、すっと席《せき》をはなれた。

「お。どうした、ミナミ？」

なんだろう。本当《ほんとう》はおいしくなかったのかな？

ミナミは流《なが》しにむかいながら、こんなことをいった。

「うち、おくれてきたから、なんも手《て》つだえなかったやん？　あとかたづけくらいはせんと。『働《はたら》かざるもの、食《く》うべからず』や」

食《た》べるのがおそいユウナと、おかわりしたミノルは、まだ食《た》べている。

オレも席《せき》をはなれて、かたづけに参加《さんか》しようと、流《なが》しにむかった。

そのとき。

「おう……？　なんやこれは？」

ミナミのしゃべり方《かた》が、はっきりと変《か》わった。「これは」の「れ」なんか、巻《ま》き舌《じた》だった。

「なんでキッチンの流《なが》しから、納豆《なっとう》のにおいがすんねん、ああ？」

流《なが》しから、納豆《なっとう》のにおいだって……？

ああ、しまった！

オレは納豆《なっとう》を洗《あら》ったときに、空《から》っぽになった納豆《なっとう》のパックを、ぽいっとうっかりほうっていたみたいなんだ。

ミナミは、オレがほうってしまった納豆《なっとう》パックのにおいで、『帝王《ていおう》』状態《じょうたい》になったんだ。

「なぁ、田中《たなか》ぁ」

ミナミはゆっくりとオレに近《ちか》づくと、思《おも》いっきりにらんで、こう叫《さけ》んだ。

「われはナニこんなくっさいゴミそのままにしとんじゃ。そもそもゴミをポイ捨《す》てしたら、あかんやろ。舞洲《まいしま》のゴミ焼却炉《しょうきゃくろ》までつれてって、ゴミ処理《しょり》のやり方勉強《かたべんきょう》させたろか？　それでもできへんなら、ゴミと一緒《いっしょ》に埋《う》め立《た》て地《ち》にほかしたるぞ、この、ドアホ！」

なにもそこまでいわなくても。ボロボロじゃないか。

ミナミに怒《おこ》られたノリオがなみだ目《め》になる気持《きも》ちがよくわかる。

オレはさらにつめ寄《よ》られた。

「料理《りょうり》しながらかたゴけろ！　キッチンがぐっちゃぐちゃになるやんけ！」

「そ、そ、それはたしかにそうだけどさぁ……」

ミナミの勢《いきお》いに負《ま》けて、オレは思《おも》わずうしろへさがってしまった。

「ゴミはゴミ箱《ばこ》へ！　そんなん料理人《りょうりにん》の基本《きほん》っていうか、ひととしての基本《きほん》やで！」

こんな『帝王《ていおう》』状態《じょうたい》のミナミには、誰《だれ》もかなわない。

しかも「料理《りょうり》しながらかたづけろ！」とか「ゴミは箱《ばこ》へ！」なんて、いっていること
とはひとつもまちがっていないんだ。

オレはひたすらあやまった。

あわててかけ寄《よ》ってきてくれたミノルとユウナは、オレを守《まも》るように間《あいだ》にはいって、ミ
ナミをおちつかせてくれた。

「まぁまぁまぁ、ミナミちゃん。おちついて、おちついて」

「田中《たなか》くんも、うっかりしていただけだから、ゆるしてあげてよ」

このとき。

ミナミに怒《おこ》られていたのに、オレは急《きゅう》に、うれしくなってしまった。

いやいや、もちろん、怒《おこ》られたことがうれしいってわけじゃない。

ミナミは納豆《なっとう》のパックのにおいをかいだら『帝王《ていおう》』状態《じょうたい》になったのに、納豆《なっとう》チャーハンではならなかった。

それってつまり、オレのつくった納豆《なっとう》チャーハンからは、かんぺきに納豆《なっとう》のにおいが消《き》えていたってことじゃないか。

しかもチャーハンはパラパラで、ネバネバのにがてなミノルがおかわりしたほどうまい。

この納豆《なっとう》チャーハンなら、においやネバネバのにがてなロベルトも、きっとおいしく食《た》べられるぞ。

「……なぁ、田中《たなか》、うちの話《はなし》、聞《き》いてんのか？」

ミナミはずいっと顔《かお》をまえにだすと、オレをにらんだ。

「おまえ、なにヘラヘラわらっとんねん！」

「いやぁ。はは。なんでもないよ。ははは」

ロベルトが納豆《なっとう》チャーハンをうまそうに食《た》べているところを想像《そうぞう》したら、うれしくて、オレは笑顔《えがお》をがまんできなかったんだよな。

3杯《ばい》目《め》

これが大《おお》久《く》保《ぼ》家《け》に伝《つた》わる納豆《なっとう》の食《た》べ方《かた》だ!

次《つぎ》の日《ひ》の放課後《ほうかご》。

オレは家庭科室《かていかしつ》にダッシュして、納豆《なっとう》チャーハンの準備《じゅんび》を始《はじ》めた。

ザルにあけた納豆《なっとう》を水《みず》で洗《あら》い、調味料《ちょうみりょう》を準備《じゅんび》し、卵《たまご》を割《わ》っておいた。

もちろんポイントになるカレー粉《こ》も、たっぷりと用意《ようい》した。

中華鍋《ちゅうかなべ》を洗《あら》い、かわいた布《ぬの》でふいた。ごはんはある。ニンジンや玉《たま》ねぎをこまかくカットして、あとはもう、いためるだけだ。

「おっと。あぶねぇ」

昨日《きのう》のミナミからの注意《ちゅうい》を思《おも》いだし、空《から》っぽになった納豆《なっとう》のパックを、あわててゴミ箱《ばこ》に捨《す》てた。ザルは洗《あら》ってかわかした。

準備《じゅんび》の終《お》わる、ちょうどそのころ。

「田中《たなか》くん、おまたせっ」

ミノルがあわててやってきた。

「ふたりをつれてきたよ」

そのうしろから、ロベルトと根場《ねば》くんとが、家庭科室《かていかしつ》にはいってくる。

「おい、田中《たなか》っ」

根場《ねば》くんは、おやつを待《ま》っている子犬《こいぬ》みたいに目《め》をキラキラさせていた。

「今日《きょう》はなんか、うまい納豆料理《なっとうりょうり》を食《く》わせてくれるんだって？」

「おう。楽《たの》しみにしててくれよ！」

よっぽど納豆《なっとう》が好《す》きなんだなぁ。これじゃたしかに、納豆《なっとう》をバカにされたら怒《おこ》るよ。

一方《いっぽう》のロベルトは。

「…………」

ひと言《こと》もしゃべらないでつまらなそうに、さっさと家庭科室《かていかしつ》のイスに座《すわ》った。

「なぁ、ミノル」

オレはひそひそとかくにんした。

「ロベルト、元気《げんき》がないみたいだな」

「うん、じつは……」

ミノルは根場《ねば》くんを見《み》た。

ちょうど、わざわざロベルトからはなれたイスを選《えら》んで座《すわ》っているところだった。

「このふたり、昨日《きのう》のケンカのあと、まだひと言《こと》もしゃべっていないんだってさ」

「おいおい、本当《ほんとう》かよ」

「でも、だいじょうぶだよ」

ミノルはわらった。

「あんなにおいしい納豆《なっとう》チャーハンなんだ。きっとロベルトも食《た》べられるし、ふたりは仲《なか》なおりできると思《おも》うよ」

ミノルはそういうと、ふたりのちょうど真《ま》ん中《なか》に座《すわ》って、なんとかふたりに会話《かいわ》をさせようとがんばっていた。

よし、オレも負《ま》けてらんないな。

いっしょうけんめいふたりをつなげてあげようとするミノルを見《み》ていたら、いつも以上《いじょう》に気合《きあ》いがはいった。

オレは中華鍋《ちゅうかなべ》を火《ひ》にかけた。

鍋《なべ》が熱《あつ》くなるまでの間《あいだ》、精神《せいしん》を集中《しゅうちゅう》させる。

鍋《なべ》が熱《あつ》くなるほど、オレはクールになるイメージだ。

鍋《なべ》からけむりがもうもうとあがり、オレは中華鍋《ちゅうかなべ》とお玉《たま》をにぎった。

いくぜ！

「牛乳《ぎゅうにゅう》カンパイ係《がかり》、田中十六《たなかじゅうろく》奥義《おうぎ》のひとつ！　光速阿修羅《こうそくあしゅら》いため☆」

根場《ねば》くんが叫《さけ》んだのが聞《き》こえた。

「た、たたたたた、田中《たなか》の腕《うで》が……８本《ぽん》になったぞーっ？」

どうやら自分《じぶん》で思《おも》っていたよりも、ずっと気合《きあ》いがはいっていたみたいだ。

昨日《きのう》よりもずっとすばやく動《うご》かしたから、残像《ざんぞう》の腕《うで》が２本《ほん》ふえて、８本《ぽん》に見《み》えたようだった。

あっという間《ま》に調理《ちょうり》が終《お》わる。

「よーし。納豆《なっとう》チャーハンの、完成《かんせい》だぜ！」

どーんと大皿《おおざら》を置《お》いた。

根場《ねば》くんはよっぽど感激《かんげき》したみたいで、ぽかーんと口《くち》をあけながら、ぱちぱちぱちと拍《はく》手《しゅ》をしてくれた。

「さあ、ロベルトっ」

オレは大《おお》きく呼《よ》びかける。

「これが、おまえに食《た》べてもらう納豆料理《なっとうりょうり》だっ」

失敗《しっぱい》は、なかった。

自分《じぶん》でいうのもおかしいけれど、とびっきりにうまい納豆《なっとう》チャーハンができたと思《おも》う。

ロベルトはひと言《こと》もしゃべらないまま、じっと、大皿《おおざら》にもられた納豆《なっとう》チャーハンを見《み》ていた。

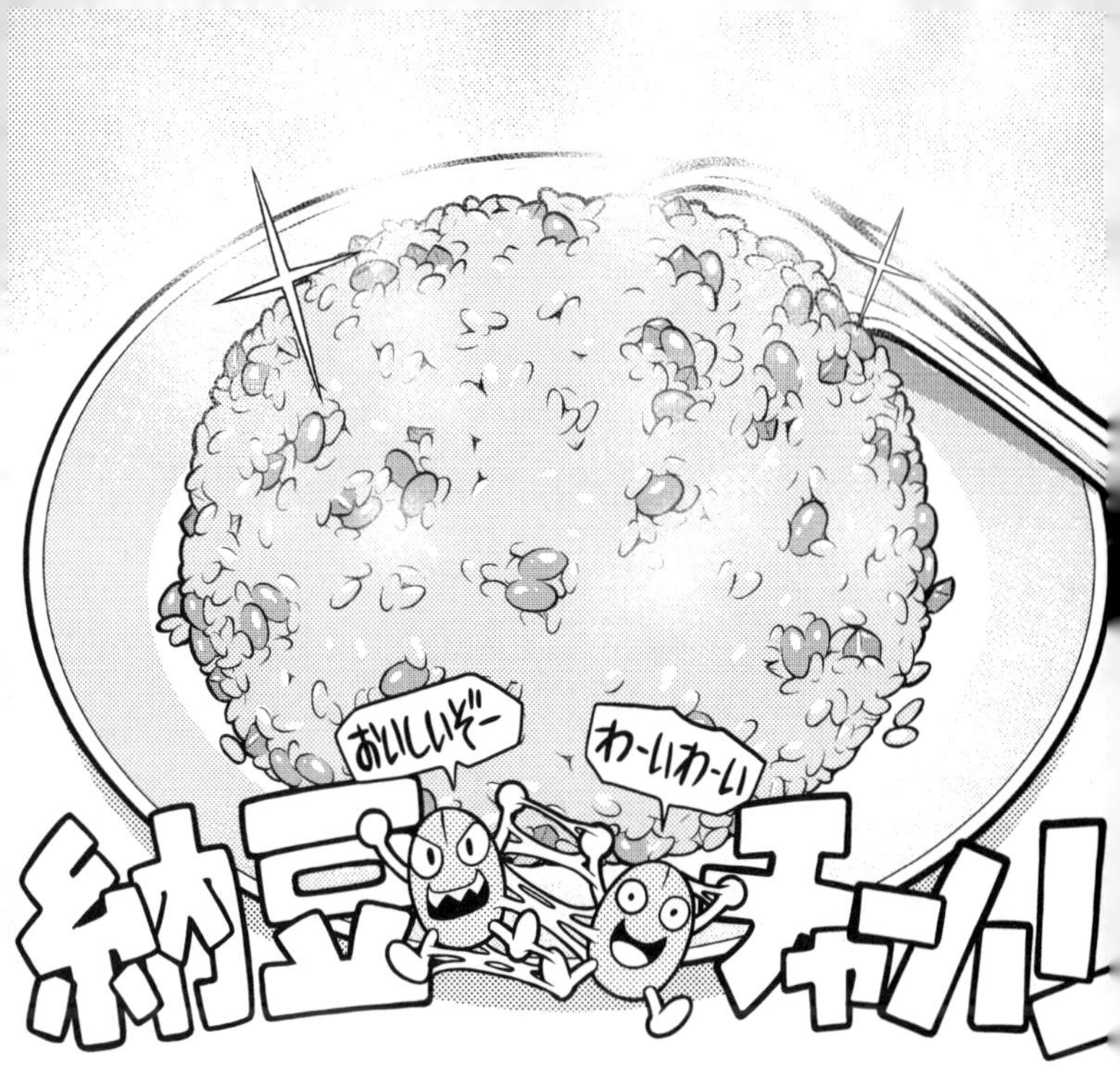

ミノルを真《ま》ん中《なか》に、ロベルトと根《ね》場《ば》くんに並《なら》んで座《すわ》ってもらった。オレはテーブルをはさんだ正面《しょうめん》から、3人《にん》を見《み》ている。

ミノルと根《ね》場《ば》くんは「いただきます」をしてから、納豆《なっとう》チャーハンを食《た》べ始《はじ》めた。

「ああ、やっぱりおいしいなぁ！」

真《ま》っ先《さき》に声《こえ》をあげたのはミノルだった。

「ぼくは納豆《なっとう》がにがてだったんだけど、このチャーハンならおいしく食《た》べられるんだ！」

ふたりに説明《せつめい》しながら、ミノル

はおいしそうに食《た》べつづける。

「このチャーハンは、納豆《なっとう》のにおいを、カレー粉《こ》を使《つか》って消《け》しているんだ。納豆《なっとう》はなんと水《みず》で洗《あら》って、ネバネバをとってあるんだよ！」

よしっ。

オレは自分《じぶん》のつくったチャーハンのできばえに、心《こころ》の中《なか》でガッツポーズをしていた。

「このチャーハン、本気《ほんき》でうまいなっ」

根場《ねば》くんも、かなり気《き》にいってくれたみたいだ。

チャーハンをざざっと口《くち》の中《なか》へとかきこんでから、しゃべる。

「ふぁぁ、ふぁあふぁあふぁ」

きっと「なぁ、田中《たなか》」といったんだろう。オレを見《み》ながら笑顔《えがお》でしゃべっているため、そう思《おも》った。

それにしても、おまえ。

口《くち》にチャーハンをいれすぎだぞ。

「ふぉんふぉーふぃ、うまいふぁーふぁんふぁふぁ」

今度《こんど》はさすがになにをいっているのかがわからなかった。たのむから、口《くち》にめいっぱいごはんをいれたまましゃべるのはやめてくれ。

それでも、ものすごく笑顔《えがお》なのと、「うまい」という言葉《ことば》がなんとなく聞《き》こえたから、満足《まんぞく》してくれていることはじゅうぶんオレに伝《つた》わった。

かんぺきだぜっ。

オレは自信満々《じしんまんまん》だった。

ところが。

「……ねぇ、ロベルト」

声《こえ》のするほうを見《み》ると、ミノルはロベルトの小皿《こざら》に納豆《なっとう》チャーハンをよそってやっているところだった。

どうやらいままで、ロベルトは食器《しょっき》にさわってもいなかったみたいだ。

いったいどういうことだろう？

ネバネバもにおいもなく、ぜったいに食《た》べられるはずなのに。

「はい、これ。ひと口《くち》でもいいから、食《た》べてみてよ。おいしいよ」

「……………」

「ロベルト。返事《へんじ》くらいしてよ。そんな、食《た》べ物《もの》の前《まえ》でだまったままで」

ミノルはせいいっぱいわらわせようとしたみたいだ。

「お供《そな》え物《もの》の前《まえ》のお地蔵《じぞう》さんじゃないんだからさ。ははは」

しかし、ロベルトはまったくわらわなかった。

それどころか。

「……ちくしょう」

「え？」

オレたちは顔《かお》を見合《みあ》わせた。

だってロベルトは、泣《な》いてるんだ！

「どうしたの、ロベルトっ？」

ミノルがあわてて事情《じじょう》を聞《き》くと、ロベルトはこんなことをいった。

「……ちくしょう！　オイラは、こんなヤツに負《ま》けたのかよ」

えええっ、どういうことだよ？

いったい、どうして泣《な》いているのか。

オレたちは緊張《きんちょう》して、ロベルトの言葉《ことば》を待《ま》った。

＊

「オイラはこんな程度《ていど》の料理《りょうり》しかできないヤツに負《ま》けちゃったのかよ。わざわざブラジルから日本《にほん》まできちゃったのかよ。こんなヤツに負《ま》けたせいで、オイラは給食《きゅうしょく》マスターになれなかったのかよっ！」

「ちょっと待《ま》ってよ。ロベルト、いったいどういうこと？」

ミノルは立《た》ちあがると、いっしょうけんめい説明《せつめい》を始《はじ》めた。

「ぼく、納豆《なっとう》がにがてだったんだ。においとか、ネバネバとか、ダメだったんだ。でも、田中《たなか》くんの納豆《なっとう》チャーハンなら、食《た》べられるんだよ。だから、『こんな程度《ていど》の料理《りょうり》』っていうのは、ちょっとひどいんじゃないかな？」

「なぁ、ミノル」

座《すわ》ったまま、ロベルトがミノルを見《み》あげた。

「オイラは『ナットウを食《く》わせてみろよ』って、いったんだぜ」

「うん、そうだね」

「これじゃ、『ナットウ』じゃなくて、『チャーハン』じゃないか」

「え？」

ミノルも、オレも、ロベルトのいっていることの意味《いみ》がまったくわからなかった。

だって、これは納豆《なっとう》チャーハンなんだ。

納豆《なっとう》がにがてなミノルも食《た》べられたし、ミナミもにおいに反応《はんのう》しなかったんだぜ？

調理《ちょうり》に失敗《しっぱい》もなかった。かんぺきのはずだ。

悲《かな》しそうなロベルトは、表情《ひょうじょう》を変《か》えた。

今度《こんど》は怒《おこ》ったような顔《かお》を見《み》せる。

「……おまえは、食郎《たべろう》師匠《ししょう》の足《あし》もとにもおよばない」

そして、オレのことを強《つよ》くにらんだんだ。

「おまえなんか、給食《きゅうしょく》マスターにふさわしくないっ！」

食郎《たべろう》は、世界一周客船《せかいいっしゅうきゃくせん》の料理人《シェフ》をしている、オレの父《とう》さんの名前《なまえ》だ。

もともとロベルトは父《とう》さんの弟子《でし》で、給食《きゅうしょく》マスターになるため、世界一周客船《せかいいっしゅうきゃくせん》に乗《の》りながら料理《りょうり》の修業《しゅぎょう》をつづけていた。

オレはロベルトの強《つよ》い視線《しせん》に、すっかり負《ま》けてしまった。

「いや、そんな。オレだって……」

なんとかえしたらいいのか、すんなり言葉《ことば》がでてこなかったのだけれど。

ん？

もしかしてロベルトは、オレにイチャモンをつけているんじゃないだろうか？

もともと気《き》にいらなかったオレに対《たい》して、文句《もんく》をいいたいだけなんじゃないだろうか？

そう疑《うたが》ってしまったオレは、がまんできずに声《こえ》をあげた。

「ロベルト！　おまえ、いいかげんなことをいうなよっ！」

怒《おこ》ったオレが声《こえ》をあげた、まさにそのとき。

「待《ま》ってくれ、田中《たなか》」

根場《ねば》くんが、オレにこんなことをいったんだ。

「オレ、いまのロベルトのいってたこと、ちょっとわかっちまったんだよな」

「え？」

ミノルも、オレも、かたまった。

「たしかに、これ、『納豆《なっとう》』じゃない。これ、『チャーハン』だ」

根場《ねば》くんは、残念《ざんねん》そうにそんなことをいったんだ。


「そんな！　おまえだって、うまそうに食《た》べてたじゃないか！」

オレは思《おも》わず叫《さけ》んでしまった。

「うん。すっげーうまい。ムチャクチャうまかった」

「だったら、どうしてそんなことをいうんだよ？」

根場《ねば》くんは、こんなことをいった。

「だってこのチャーハンは、納豆《なっとう》が主役《しゅやく》じゃないんだよ」


「え？」

「すっげーうまいんだけど、『ああ、納豆《なっとう》を食《く》ったぜ〜！』って気《き》がしないんだ。納豆好《なっとうず》きのオレからすれば、すっげーうまいカレーチャーハンの中《なか》に、たまたま、納豆《なっとう》がはいっていたって感《かん》じなんだよなぁ」

「……そんな」

言葉《ことば》がでてこなかった。

オレにむけて、ロベルトはつまらなそうにいった。

「これだけカレー粉《こ》をどばどばいれたら、どんな食材《しょくざい》だってカレー味《あじ》になるに決《き》まってるさ。そんなの、ナットウじゃないよ。それで本当《ほんとう》に、ナットウを食《た》べさせたっていえるのかよ？」

それから、ものすごくショックなことを、つけたしたんだ。

「こんな、素材《そざい》の味《あじ》をつぶすやり方《かた》は、最低《さいてい》だ」

「素材《そざい》の味《あじ》を、つぶす……」

いわれてみれば、たしかにそうだったのかもしれない。

オレは「納豆《なっとう》を食《た》べさせる」ことにばかり気《き》をとられて、納豆《なっとう》がにがてなひとに納豆《なっとう》自体《じたい》のおいしさを伝《つた》えることを、忘《わす》れていたのかもしれなかった。

しまった。

さっきまで自分《じぶん》の料理《りょうり》をかんぺきだと思《おも》っていたことを、オレははずかしくなった。素《そ》材《ざい》の味《あじ》をつぶしたといわれたことが、くやしかった。

「だから、オイラは、このチャーハンを食《た》べない。食《た》べたくない」

「そんなっ」

あわてたミノルが間《あいだ》にはいってくれる。

「でも、ロベルト。ぼくはおいしく食《た》べられたんだよ！」

「ミノル。ずっと外国《がいこく》にいたオイラは、ナットウを食《た》べたことがないんだぜ？」

「うん」

「初《はじ》めて食《た》べるナットウは、ふつうの食《た》べ方《かた》で食《た》べてみたいよ」

「ふつうの食《た》べ方《かた》って……」

ミノルは顔《かお》をくもらせた。

「それは昨日《きのう》の給食《きゅうしょく》にでた食《た》べ方《かた》なんだよ。しかも、ロベルトは、あの食《た》べ方《かた》では『くさってる』なんていって、食《た》べられなかったんじゃないか」

「ああ、だからこそ」

ロベルトは、挑発《ちょうはつ》するようにオレを見《み》た。

「給食《きゅうしょく》のことならなんでも解決《かいけつ》してくれる『牛乳《ぎゅうにゅう》カンパイ係《がかり》』の田中《たなか》くんにおねがいしたんだけどなぁ……」

ミノルの置《お》いたチャーハンの小皿《こざら》を、ロベルトはすっと押《お》しかえした。

ロベルトはどうしても、このチャーハンを食《た》べてはくれないようだ。

「そんなぁ。ロベルトは、田中《たなか》くんにだけは厳《きび》しすぎるよ」

ミノルが文句《もんく》をこぼした。

「納豆《なっとう》そのままじゃ『食《た》べられない』っていって。でも、調理《ちょうり》をしたら『これは納豆《なっとう》じゃない』っていって。そんなことをいわれたら、さすがの田中《たなか》くんだって解決《かいけつ》のしようがないじゃないか……」

たしかに、無理難題《むりなんだい》だ。

いまのオレには、なんにも解決《かいけつ》のヒントは見《み》えていなかった。

指令《しれい》をクリアできないかもしれないというあせりもあった。

けれども、それ以上《いじょう》に――。

「ロベルト、たのむ」

オレは自分《じぶん》の力《ちから》が足《た》りなかったことが、くやしくてくやしくてしかたがなかったんだ。

「もう1回《かい》、チャンスをくれ」

オレが頭《あたま》をさげると。

「べつに、いいけど」

ロベルトはオレの星《ほし》のバッジを指《ゆび》さしてから、そっけなくつづけた。

「どうせ1週間《しゅうかん》以内《いない》に、そのバッジはオイラのものになるんだからね」

＊

次《つぎ》の日《ひ》の学校《がっこう》が始《はじ》まっても、オレはずっと悩《なや》んでいた。
本当《ほんとう》に困《こま》っていた。

・納豆《なっとう》が主役《しゅやく》であること。
・納豆《なっとう》らしさをなくさないこと。
・納豆《なっとう》をにがてなひとでもおいしく食《た》べることができること。

この3つの条件《じょうけん》をクリアする、そんな夢《ゆめ》みたいな食《た》べ方《かた》を、オレは知《し》らない。
母《かあ》さんの秘伝《ひでん》のノートにすら、そこまではのっていなかった。
「田中《たなか》くん。なにかいいアイディアは思《おも》いついた？」
休《やす》み時間《じかん》になると、ミノルは心配《しんぱい》してオレの様子《ようす》を見《み》にきてくれた。
けれども、オレは首《くび》を横《よこ》にふった。
解決法《かいけつほう》は、なんにも思《おも》いつかなかった。

授業中《じゅぎょうちゅう》も休《やす》み時間《じかん》も、給食《きゅうしょく》の時間《じかん》も掃除《そうじ》の時間《じかん》も、帰《かえ》りの会《かい》になっても、オレは3つの条件《じょうけん》をクリアする納豆《なっとう》の食《た》べ方《かた》を考《かんが》えていた。

ミノルはちょくちょく「田中《たなか》くん。なにかいいアイディアは思《おも》いついた？」と聞《き》いてきたけれど、オレは首《くび》を横《よこ》にふるしかなかった。

……ミノル。

心配《しんぱい》してくれているのは本当《ほんとう》にものすごくうれしいんだけど、授業《じゅぎょう》が1時間《じかん》終《お》わるたびにいいアイディアが浮《う》かんだかどうかをかくにんするのはやめてほしいぜ。

結局《けっきょく》この日《ひ》は、なにも思《おも》いつかなかった。

帰《かえ》りの会《かい》で「さようなら」をしてから、オレは教室《きょうしつ》をでた。

「田中《たなか》くん。なにかいいアイディアは……わわわっ。むぐっ」

あまりにミノルが声《こえ》をかけるのを見《み》て、やめさせようと思《おも》ったんだろう。うしろから声《こえ》をかけてきたミノルを、ユウナとミナミが回収《かいしゅう》していった。

回収《かいしゅう》しながら、ユウナとミナミはこんなことをいった。

「田中《たなか》くん、忘《わす》れ物《もの》してるよ！」

「ランドセル忘《わす》れて帰《かえ》るって、田中《たなか》、なにぼーっとしとんねん！」

あ、ホントだ。

うーん、まずいな。

ランドセルを忘《わす》れるくらい集中《しゅうちゅう》して考《かんが》えても、なんにも思《おも》いつかないんだ。


3日後《かご》。

「なぁ。今日《きょう》の放課後《ほうかご》、うちでお好《この》み焼《や》きパーティしようや？」

ミナミがオレたちに声《こえ》をかけた。

「え、いいのっ？　やったぁ！」

大《おお》きく目《め》をひらいて、ミノルのテンションが急《きゅう》にあがった。

ミナミの家《いえ》は『難波食堂《なんばしょくどう》』といって、近所《きんじょ》で評判《ひょうばん》の定食屋《ていしょくや》だ。鉄板《てっぱん》のついているテーブル席《せき》もあって、お好《この》み焼《や》きができるようになっている。

「ミナミちゃんの家《いえ》のお好《この》み焼《や》き、おいしいんだよね！」

テンションのあがるミノルにくらべて、ユウナはおとなしかった。

「ミナミ、食堂《しょくどう》の仕事《しごと》のジャマにならないの？」

「かまへんかまへん。親《おや》には昨日《きのう》、許可《きょか》とったんや」

それからミナミは、オレを見《み》た。

「もちろん田中《たなか》もくるやろ？」

じつは。

オレはちょっとやめておこうと思《おも》ったんだ。

というのも、納豆《なっとう》の問題《もんだい》が、まったく解決《かいけつ》していなかったから。

1週間《しゅうかん》の期限《きげん》が近《ちか》づいていて、みんなでパーティなんかしている場合《ばあい》じゃなかった。

「ええやんけ。気分転換《きぶんてんかん》も必要《ひつよう》やで」

結局《けっきょく》は、ミナミに強引《ごういん》にすすめられ、オレも参加《さんか》をすることにした。

「ああ、よかった」

横《よこ》にいたミノルが、安心《あんしん》している。

「どうした、ミノル？」

「だって最近《さいきん》の田中《たなか》くん、ちょっと元気《げんき》がなかったから」

え？

「ミナミちゃん、気《き》にしていたんだよ。ロベルトに元気《げんき》がなくなったと思《おも》ったら、今度《こんど》は田中《たなか》くんまでむずかしい顔《かお》をするようになっちゃってさ」

どうやらミナミは、オレを心配《しんぱい》して、気分転換《きぶんてんかん》をさせるためにお好《この》み焼《や》きパーティをひらくと決《き》めたみたいなんだ。

面《めん》とむかってお礼《れい》をいうのも、照《て》れるよな。

オレは心《こころ》の中《なか》で、こっそりとミナミにお礼《れい》を言《い》った。

放課後《ほうかご》、ミナミの家《いえ》に集《あつ》まった。

オレたち4人《にん》は1階《かい》の食堂《しょくどう》のテーブル席《せき》に座《すわ》る。

「♪おっ好《この》み焼《や》き～、おっ好《この》み焼《や》き～♪」

よっぽど楽《たの》しみなのか、ミノルは歌《うた》を歌《うた》うくらいに浮《う》かれていた。

「ま、3時《じ》のオヤツの代《か》わりやね」

ヘラを持《も》ったミナミは、熱《あつ》くした鉄板《てっぱん》に油《あぶら》をさーっとうすくのばす。ヘラとぶつかるたびに、カンカンと鉄板《てっぱん》が鳴《な》った。手《て》ぎわがいい。

それからよくまぜた生地《きじ》を流《なが》しこんでから、こんなことをいう。

「東京《とうきょう》の店《みせ》って、お客《きゃく》さんにお好《この》み焼《や》きを焼《や》かせるところが多《おお》いやん？」

「え？　大阪《おおさか》はちがうの？」

ミノルの疑問《ぎもん》に、ミナミがこたえた。

「お店《みせ》のひとが焼《や》くほうが多《おお》いで。『自分《じぶん》で焼《や》きたいです』っておねがいしてもダメな店《みせ》のほうが多《おお》いと思《おも》うわ」

「へぇ、知《し》らなかったよ」

ミノルはおどろいている。

「自分《じぶん》でつくると、ますますおいしくなる気《き》がするんだけどなぁ」

しゃべるうち、お好《この》み焼《や》きがいい香《かお》りで焼《や》けてきた。

「あ、そろそろだね。ぼく、ひっくりかえしたいんだけど、いいかな？」

ミノルは緊張《きんちょう》した表情《ひょうじょう》で、ミナミからヘラを受《う》けとった。

うまくひっくりかえるかどうか。

緊張《きんちょう》の一瞬《いっしゅん》だ。

オレも、ユウナも、ミナミも、ミノルの持《も》つヘラに注目《ちゅうもく》した。

深呼吸《しんこきゅう》をして、集中力《しゅうちゅうりょく》を高《たか》めるミノル。

「……いきますっ」

くるん！

「ああ、よかったぁ。うまくいったね！」

4人《にん》、自然《しぜん》と拍手《はくしゅ》がでていた。

と、そのとき。

「うひょ〜！」

難波食堂《なんばしょくどう》の入《い》り口《ぐち》のドアが、ガラガラガラッとあいたんだ。

「お好《この》み焼《や》きの、いい香《かお》りがするぜぇ！」

ノリオだ！

しかも、なにか、ビニール袋《ぶくろ》を手《て》にさげている。

お好《この》み焼《や》きの香《かお》りすべてを吸《す》いこむノリオが、鼻《はな》の穴《あな》を全開《ぜんかい》にしながら、オレたちのほうへのしのしと近《ちか》づいてきた。

もちろん鼻毛《はなげ》はまるだしなんだ。

「おまえら、水《みず》くさいぜぇ。こんな楽《たの》しいパーティに、オレを呼《よ》んでくれないなんて」

ノリオは大《おお》きなお尻《しり》をつきだすと、ぶるぶるぶるっとふるえるようにして、オレのとなりに強引《ごういん》にお尻《しり》をねじこませた。

「おい、田中《たなか》。納豆《なっとう》の話《はなし》は、どうなったんだ？」

ノリオには、気《き》づかいなんかない。

せっかくミナミたちが気分転換《きぶんてんかん》にひらいてくれたお好《この》み焼《や》きパーティだったのだが、オレは納豆《なっとう》の問題《もんだい》を思《おも》いだしてしまった。

「ちょっと、田中《たなか》くん。そんなに暗《くら》い顔《かお》をしないで」

「せやで。おい、ノリオ！　せっかく気分転換《きぶんてんかん》しとったのに、よけいなことを思《おも》いださせるのはやめーや」

「よけいなもんかよ」

ノリオは、手《て》に持《も》っていたビニール袋《ぶくろ》から、納豆《なっとう》のパックをとりだしたんだ。

パックのフタを外《はず》した。

「田中《たなか》。オレが教《おし》えてやったじゃないか。納豆《なっとう》にはソースなんだ」

ちょうどそのとき。

焼《や》きあがったお好《この》み焼《や》きにかけようと、ミノルはソースを手《て》にしていたんだけど……。

「ミノル、貸《か》せ！」

「ええ？　うわぁっ」

オレのとなりのミノルから、ノリオはお好《この》みソースをうばった。

せまいのに、無理《むり》やり立《た》ちあがった。


「納豆《なっとう》には、ソース！　これが、大久保家《おおくぼけ》の、やり方《かた》だぁ！」


そう叫《さけ》んでから、ミノルからからうばったお好《この》みソースを、ぶちゅーっと思《おも》いっきり納《なっ》豆《とう》にかけたんだ。

「こら、ノリオ！　うちの店《みせ》の特製《とくせい》ソースであそぶな！」

コラー

ミナミが本気《ほんき》で怒《おこ》ったけれども、一度《いちど》動《うご》き始《はじ》めたノリオはとまらない。

わけのわからない歌《うた》を歌《うた》いながら、割《わ》りバシで納豆《なっとう》をまぜ始《はじ》めた。

「♪ア、ソレ。ねーばねば、ねーばねば。ソースで納豆《なっとう》、ねーばねば♪」

「ちょっと、ノリオ！　ぼく、納豆《なっとう》のにおいがにがてなんだよ！」

ミノルは逃《に》げたそうだったけれども、テーブル席《せき》の一番奥《いちばんおく》で、これ以上《いじょう》はどこにも動《うご》けない。

ノリオはひたすら納豆《なっとう》をまぜたあとで、オレの前《まえ》に納豆《なっとう》パックをさしだした。

「食《く》え、田中《たなか》」

全力《ぜんりょく》の笑顔《えがお》だ。

となりの席《せき》だから、顔《かお》が本当《ほんとう》に近《ちか》くて困《こま》る。

「納豆《なっとう》にはソースだ。においは消《き》えるが、ごはんにのせれば、ふつうにうまい」

「なにをいうてんねん！」

ミナミがノリオに文句《もんく》をいう。

「納豆《なっとう》にお好《この》みソースをいれて、においが消《き》えるわけないやろ！」

とノリオにつっかかるミナミを見《み》て、オレはびっくりした。

「おい、ミナミ！」

「なんやねんっ」


「お前《まえ》、いま、怒《おこ》って『帝王《ていおう》』状態《じょうたい》になってないぞ」


「……あ。ホンマや」

「田中《たなか》くんっ」

ミノルも声《こえ》をあげた。

「ぼくも、納豆《なっとう》の近《ちか》くにいるけど、ぜんぜんにおいが気《き》にならないよ！」

オレは勇気《ゆうき》をだして、『ソース納豆《なっとう》』を食《た》べてみた。

くさくない。

うまい。

なにより、納豆《なっとう》そのものを食《た》べているんだから、納豆《なっとう》が主役《しゅやく》でまちがいない。

なんと大久保家《おおくぼけ》の納豆《なっとう》の食《た》べ方《かた》が、すべてを解決《かいけつ》してしまったんだ！

このノリオの『ソース納豆《なっとう》』を使《つか》えば、ロベルトもきっと納得《なっとく》してくれる。

「ノリオ。ありがとう！」

「礼《れい》なんかいらねーよ。オレは、親切《しんせつ》でやってるんだからな」

ノリオは勝《か》ちほこったようにわらった。

それからミノルたち３人《にん》を見《み》て、こういった。

「納豆《なっとう》には、ソースだ。おまえら、わかったか？」

オレも一緒《いっしょ》に感心《かんしん》しながら、４人一緒《にんいっしょ》にうなずいた。

＊

お好《この》み焼《や》きパーティが終《お》わった。

オレたち４人《にん》はミナミと両親《りょうしん》にお礼《れい》をいってから、難波食堂《なんばしょくどう》の外《そと》にでた。

「田中《たなか》くん。なんとか、指令《しれい》をクリアできそうだね」

「おう。ミナミや、みんなのおかげだよ」

「よかったね、田中《たなか》くん！」

うれしそうに声《こえ》をあげたミノルの横《よこ》で、ノリオが口《くち》をひらいた。

「いやぁ本当《ほんとう》によかった。大久保《おおくぼ》家のソース納豆《なっとう》が役《やく》に立《た》って、本当《ほんとう》によかった」

「そうだね！」

「これでロベルトも、納豆《なっとう》を食《く》えるな」

ノリオは満足《まんぞく》そうだ。

「ここまでして、もしもロベルトが納豆《なっとう》を食《く》えなかったら、そのときは、へへへへへ……」

ノリオは不気味《ぶきみ》にわらったんだ。

「ロベルトに目《め》かくしをしてから、イスにしばりつけて、口《くち》をあけさせるぞ」

「おい、目《め》かくしって！」

「そのままソース納豆《なっとう》を、ぽーんとスプーンで口《くち》にほうりこんでやるんだ」

急《きゅう》になにをいいだすんだよ？

オレたち３人《にん》はおどろいたけれども、ノリオはどこまで本気《ほんき》なのか、力《ちから》いっぱいにこうつづけた。

「それから、背中《せなか》から『わっ！』って大《おお》きな声《こえ》でおどかすんだ。びっくりして、口《くち》の中《なか》の納豆《なっとう》なんか、きっとゴクンとひとのみだぜ」

ノリオ。それはまるのみさせられちゃっただけで、納豆《なっとう》を食《た》べさせたことにはならないと思《おも》うぞ？

そもそもにがてな食《た》べ物《もの》を食《た》べさせるために無理《むり》やり口《くち》をあけさせるなんて、ムチャクチャだ。

でも、ポカンとするオレたちなんか、ノリオはまったく気《き》にしない。

「じゃ、オレの家《いえ》あっちだから」

急《きゅう》にノリオは遠《とお》くを指《ゆび》さして、家《いえ》のほうへとはなれていった。

「ああ！　今日《きょう》もオレの親切《しんせつ》が、誰《だれ》かの役《やく》に立《た》って本当《ほんとう》によかったぜ！」

よっぽどうれしかったんだろう。

ノリオはスキップで帰《かえ》っていった。

「口《くち》を無理《むり》やりあけさせて、食《た》べ物《もの》をほうりこむなんて……」

ユウナがしずかにつぶやいた。

「ノリオくんなら、本当《ほんとう》にやりそうだよね」

オレとミノルはうなずき合《あ》った。


ノリオがいなくなったあと、３人《にん》で歩《ある》いて帰《かえ》った。

「今日《きょう》のお好《この》み焼《や》きパーティは、楽《たの》しかったね」

ミノルはよっぽど楽《たの》しかったらしく、お好《この》み焼《や》きをひっくりかえすまねをしている。

「ミナミの家《いえ》のお好《この》み焼《や》きって、本当《ほんとう》においしいもんね」

「うん。ぼくなんか２枚目《まいめ》はちょっとひっくりかえすのに失敗《しっぱい》したんだけど、それでもものすごくおいしかったもんなぁ」

そんなふたりの会話《かいわ》を聞《き》きながら、オレはロベルトにどうしたら納豆《なっとう》を食《た》べてもらえるのかを考《かんが》えていた。

大《おお》きな気分転換《きぶんてんかん》にはなったけど、明日《あした》までに解決《かいけつ》しないといけないんだ。

ノリオは「スプーンで口《くち》にほうりこんでやる」なんていっていたけど、さすがにそんなことはできない。目《め》かくしもイスにしばるのもやっちゃダメだ。おどろかして飲《の》みこませるなんて、ぜったいダメだ。

でもオレは、ソース納豆《なっとう》をそのままロベルトにだすことはしたくなかった。

「なにか、ひと工夫《くふう》できないかなぁ?」

指令《しれい》の期限《きげん》が近《ちか》づいていたからたしかにあせってはいたんだけれど、はるばる遠《とお》いブラジルからきたロベルトを、歓迎《かんげい》したいと思《おも》っていたんだ。

オレの納豆《なっとう》チャーハンにガッカリしたロベルトに、今度《こんど》こそうまいものを食《く》わせてやりたいと思《おも》っていたんだ。

【食《しょく》は笑顔《えがお》をつくる】

父《とう》さんがオレに教《おし》えてくれた言葉《ことば》が、そんなことをオレに思《おも》わせたのかもしれなかった。

オレは納豆《なっとう》チャーハンでロベルトを笑顔《えがお》にできなかった。

きっと明日《あした》、そのまま納豆《なっとう》をだしたって、きっとロベルトはよろこばないんだろう。

オレとロベルトは、いまはあんまり仲《なか》よくないけれども、父《とう》さんが大事《だいじ》にしているこの【食《しょく》は笑顔《えがお》をつくる】っていう考《かんが》え方《かた》はロベルトだって知《し》っているはずなんだ。

父《とう》さんは、オレにとってはもちろん父《とう》さんなんだけど、ロベルトにとっては師匠《ししょう》なんだから。

ロベルトを、食《しょく》で笑顔《えがお》にしたいと、オレは思《おも》っていた。

「ひと工夫《くふう》って、田中《たなか》くん、どういうこと？」

オレの独《ひと》り言《ごと》に、ユウナが反応《はんのう》した。

「なぁ、ユウナ。ロベルトの好《す》きなものって、知《し》ってるか？」

ユウナはこくんとうなずいた。

「前《まえ》に『おすしが好《す》きなんだ』って、いってたんだって。2組《くみ》の女子《じょし》から聞《き》いたよ」

「へぇ、そうなんだ？　それは知《し》らなかったな」

すしかぁ。

でも栄養《えいよう》の先生《せんせい》に聞《き》いたことがあるんだけど、給食《きゅうしょく》で、刺身《さしみ》みたいな生《なま》ものは食《く》えないんだよなぁ。

「ブラジルでもおすしって人気《にんき》があるんだって。ただ……」

ユウナはちょっと困《こま》った顔《かお》をした。

「なんていうのかな？　中《なか》には日本《にほん》のおすしとはちがったものも多《おお》いみたい」

「へぇ、どんなのがあるの？」

ミノルが聞《き》いた。

「わたしが聞《き》いて一番《いちばん》びっくりしたのは、のり巻《ま》きの天《てん》ぷらかなぁ」

「ええぇっ？　のり巻《ま》きを、油《あぶら》であげるの？」

「うん。まるごとだよ。すっごくおいしいんだって！」

「味《あじ》の想像《そうぞう》がつかないなぁ」

ミノルは困《こま》った声《こえ》をだした。

「あとはね、手巻《てま》きずしも好《す》きなんだって」

「え、手巻《てま》きずし？」

「ブラジルでは人気《にんき》があるみたい」

ユウナとミノルの会話《かいわ》を、オレはだまって真剣《しんけん》に聞《き》いていた。

というのも。

ふたりの会話《かいわ》を聞《き》くオレの頭《あたま》の中《なか》では、ロベルトに納豆《なっとう》を食《た》べてもらうアイディアがまとまり始《はじ》めていたんだ。

「へぇ、そうなんだ？　手巻《てま》きずしかぁ」

ミノルがこたえた。

「うちでもたまーにやるよ。あれって、食《た》べるのももちろんおいしいんだけど、つくるのも楽《たの》しいんだよね」

「あ、わかるー。ごはんの量《りょう》とか、具《ぐ》の量《りょう》とか、自分《じぶん》で決《き》めるのって楽《たの》しいよね」

ここで——。

「ああ、それってきっと、今日《きょう》のお好《この》み焼《や》きと同《おな》じなんだ」

「え、どういうこと？」

ユウナの言葉《ことば》に、ミノルは首《くび》をかしげている。

「ミノルくん、お好《この》み焼《や》きをつくるときに、自分《じぶん》でいってたじゃない」

「ん、なんて？」

今度《こんど》は反対側《はんたいがわ》に首《くび》をかしげるミノル。

「**『自分《じぶん》でつくると、ますますおいしくなる気《き》がするんだけどなぁ』**って」

「ああ、いったね」

「お店《みせ》のひとにつくってもらったお好《この》み焼《や》きがおいしいのはあたり前《まえ》だけど、自分《じぶん》たちでつくった料理《りょうり》には、それはそれできっと別《べつ》のおいしさがあるんだよ」

「なるほど！」

と大《おお》きな声《こえ》をあげたのは、ミノルじゃない。オレだ。

ユウナがおどろいた顔《かお》をしている。

「どうしたの、田中《たなか》くん？　だまっていたと思《おも》ったら、急《きゅう》に大《おお》きな声《こえ》をだして」

「ミノル、ユウナ、ありがとう！」

ふたりのおかげだった。

ロベルトにどうやって納豆《なっとう》を食《た》べさせればいいのか、やっとのことで作戦《さくせん》を思《おも》いついたんだ。

「手巻《てま》きずしだ！」

「え？」

いっている意味《いみ》がわからない。ミノルも、ユウナも、そんな顔《かお》でオレを見《み》ていた。

オレはわらいをおさえられなかった。

それを見《み》たふたりは、オレが解決策《かいけつさく》を見《み》つけたのだとわかったみたいだ。

「手巻《てま》きずしパーティで、ロベルトと仲《なか》よくなっちゃおうぜ！」

「あ、田中《たなか》くん」

「どこいくのっ？」

「じゃあな！　オレ、納豆《なっとう》とか、のりとかソースとか、明日《あした》の準備《じゅんび》をするから！」

オレはダッシュで、スーパーへと買《か》い物《もの》にむかった。

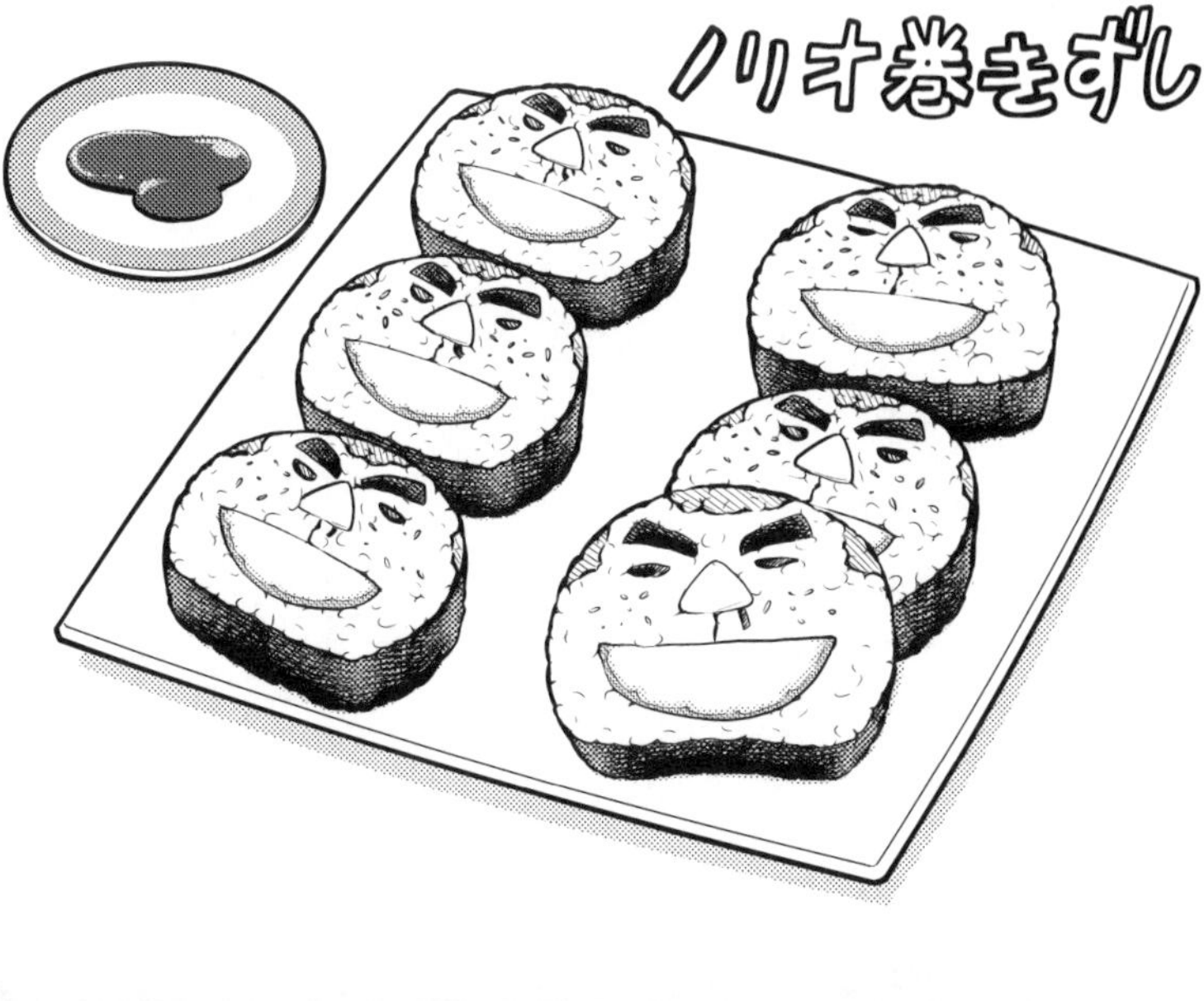
ノリオ巻きずし

4杯目《はいめ》 ぼくは転校生《てんこうせい》・ロベルト石川《いしかわ》

次《つぎ》の日《ひ》。

鍋仙人《なべせんにん》のじいちゃんからだされた指令《しれい》の期限《きげん》は、今日《きょう》までだ。

オレは今日《きょう》、たくさんのひとに協力《きょうりょく》をしてもらって、ロベルトに納豆《なっとう》を食《た》べてもらうつもりだった。


20分休《ぷんやす》みに。

「ねぇ、ロベルト！」

まずは、ミノルがとなりの5年《ねん》2組《くみ》にかけこんでいった。

「今日《きょう》の給食《きゅうしょく》は、1組《くみ》と2組《くみ》で、ロベルトの歓迎会《かんげいかい》をやるんだってさ！」

オレはミノルにおねがいをして、そんなことをロベルトに伝《つた》えてもらった。

「オイラの歓迎会《かんげいかい》！　へぇ、そうなのか？　知《し》らなかったよ」

「うん、しかもね……」

ところが、ミノルが話《はなし》をつづけると。

「手巻《てま》きずしパーティをするんだ」

「手巻《てま》きずしだって！」

ロベルトはイスから立《た》ちあがって、その場《ば》で急《きゅう》にバク転《てん》をした。

「わぁ！　ロベルト、どうしたのっ？」

目《め》の前《まえ》で急《きゅう》にバク転《てん》をされておどろくミノル。

着地《ちゃくち》したロベルトは、目《め》をキラキラさせてよろこんでいる。

「オイラ、手巻《てま》きずしは大好《だいす》きなんだ！　ブラジルでも手巻《てま》きずしは人気《にんき》なんだぜっ」

「それはよかったよ！　楽《たの》しみにしててね」

廊下《ろうか》から5年《ねん》2組《くみ》の教室《きょうしつ》の様子《ようす》を見《み》ていたオレは、ほっと胸《むね》をなでおろした。

ユウナの聞《き》いた情報《じょうほう》は正《ただ》しかったみたいだ。

思《おも》わずバク転《てん》するほど手巻《てま》きずしが好《す》きなら、きっと食《た》べてくれるだろう。

とりあえず安心《あんしん》しながら、オレは5年《ねん》1組《くみ》の教室《きょうしつ》に戻《もど》った。


次《つぎ》は、教室《きょうしつ》に戻《もど》ってすぐ。

「なぁ、田中《たなか》」

手《て》さげを持《も》ったミナミに呼《よ》ばれた。

「昨日《きのう》の話《はなし》のとおり、お好《この》み焼《や》きのソース、持《も》ってきたで」

ミナミは手《て》さげから大事《だいじ》そうにソースをだすと、オレに見《み》せてから、すぐにしまった。

「ありがとう、ミナミ」

オレは目《め》を見《み》て頭《あたま》をさげた。

じつは、昨日《きのう》――。

スーパーで買《か》い物《もの》をしていろんなソースを試《ため》した結果《けっか》、難波食堂《なんばしょくどう》のお好《この》みソースが一番《いちばん》納豆《なっとう》のにおいを消《け》すことがわかった。

「……ミナミの家《いえ》のお好《この》みソースがあれば、ロベルトもきっと納豆《なっとう》を食《た》べられるぞ」

そう考《かんが》えたオレは、昨日《きのう》の夜《よる》に、難波食堂《なんばしょくどう》にもう一回《いっかい》むかったんだ。

「明日《あした》、学校《がっこう》でこのお好《この》みソースを使《つか》わせてほしいんです」

なんて、ミナミの父《とう》さんにおねがいをしたんだけど……。

「うーん、いくら田中《たなか》くんのおねがいでもなぁ」

さいしょはもちろん、ことわられた。

「うちの店《みせ》の大事《だいじ》なソース、いったいなにに使《つか》うんや？」

オレは事情《じじょう》を説明《せつめい》したけど、なかなかオッケーはもらえなかった。

そりゃそうだ。難波食堂《なんばしょくどう》の伝統《でんとう》の味《あじ》だ。そう簡単《かんたん》に誰《だれ》かに「ほれ」っと渡《わた》すなんてことはできないだろう。

食堂《しょくどう》の仕事《しごと》をしながらでもオレの話《はなし》を聞《き》いてくれるだけ、まだありがたいなとオレは思《おも》った。

ところが、ミナミががんばってくれたんだ。

「なぁ、オトン！」

「……うーん」

「ええやろっ？」

「うーん。でもな、ミナミ。このソースは門外不出《もんがいふしゅつ》の大事《だいじ》なモンなんや」

「友《とも》だちが困《こま》ってるんやで！　助《たす》けたってや！」

ミナミが説得《せっとく》してくれた結果《けっか》、むずかしい顔《かお》をしていたはずのミナミの父《とう》さんは。

「よーし、わかった」

とうとう、大《おお》きく首《くび》をたてにふってくれたんだ。

「田中《たなか》くん。うちのお好《この》みソース、好《す》きなだけ使《つこ》うてくれてかまわへん！　なんならプールいっぱい分《ぶん》、持《も》ってってってや！」

「オトン？　プールいっぱいのお好《この》みソースは、教室《きょうしつ》にはいりきらんて！」

冗談《じょうだん》をいうミナミの父《とう》さんに、オレはお礼《れい》をいった。

「ありがとうございます！」

「もう、アンタは……」

オレがお礼《れい》をいう横《よこ》で、ミナミの母《かあ》さんがあきれたような声《こえ》をだした。

それから笑顔《えがお》のミナミと、同《おな》じく笑顔《えがお》のミナミの父《とう》さんを、見《み》くらべる。

「ほんと、娘《むすめ》にあまい」

あきれたような声《こえ》だったけど、ミナミの母《かあ》さんは怒《おこ》ってはいない。

オレは笑顔《えがお》のミナミ一家《いっか》にお礼《れい》をいって、自分《じぶん》の家《いえ》に走《はし》って帰《かえ》ったんだ。

20分休《ぷんやす》みにミナミの持《も》ってきたソースを見《み》せてもらったあと、すぐに。

「おい、田中《たなか》」

今度《こんど》は、ノリオに呼《よ》ばれた。

ノリオにも、ちょっとした手《て》つだいをおねがいしていたんだ。

「20分休《ぷんやす》みにサッカーをやりたいのをがまんして、やさしいオレが、サッカーにいこうとしている根場《ねば》をわざわざつかまえてきてやったぞ。ほれ」

説明《せつめい》するノリオのうしろには、5年《ねん》2組《くみ》の根場《ねば》くんがいた。

「おい、田中《たなか》」

ノリオは、のしのしと近《ちか》づいてきた。

それから、ひそひそとオレにいった。


「もしロベルトがソース納豆《なっとう》を食《く》えねぇなんていったら、例《れい》の作戦《さくせん》の始《はじ》まりだ！」


「れ、れ、例《れい》の作戦《さくせん》？」

いやな予感《よかん》がしたけれど、念《ねん》のために、聞《き》きかえした。

「いいか。ロベルトの運動神経《うんどうしんけい》はばつぐんだ。まずオレがうしろからタックルでロベルトをつかまえるから、田中《たなか》がイスにロベルトをしばれ。ミノルには、目《め》かくしをする係《かかり》をまかせるぞ」

「はい?」

ノリオは真剣《しんけん》だ。

だからこそ、かえって、怖《こわ》いんだ。

「その間《あいだ》にユウナには納豆《なっとう》をまぜてもらって、スプーンに納豆《なっとう》を山《やま》もりで準備《じゅんび》する。オレがぐいっと、無理《むり》やりロベルトの口《くち》をあけるから、ぽいっとほうりこんでもらおうか。ここでミナミが、背中《せなか》から大《おお》きな声《こえ》で『わっ』とロベルトをおどかすんだ。口《くち》にはいってる納豆《なっとう》なんて、これで、びっくりしてゴックンだぜ」

「ノ、ノ、ノリオ?」

「これを、『親切《しんせつ》ノリオ・納豆大作戦《なっとうだいさくせん》』と名《な》づけよう」

ノリオは、にっと笑顔《えがお》を見《み》せた。

鼻毛《はなげ》は今日《きょう》も元気《げんき》にコンニチハ☺していた。

「じゃ、そういうことで」

おい、どういうことだ?

さんざん好《す》き勝手《かって》なことをいってから、ノリオはサッカーをしに校庭《こうてい》へむかった。

「……これは、ロベルトのためにも、失敗《しっぱい》はゆるされないぞ」

そんなひとをだますようなやり方《かた》でにがてなものを食《た》べさせたら、好《す》きになるどころか、大《だい》きらいになるに決《き》まってるじゃないか。

オレやロベルトへの親切《しんせつ》で頭《あたま》がいっぱいのノリオは、そこに気《き》づいていないのかもしれなかった。

「なぁ、田中《たなか》ぁ」

サッカーにいこうとしていたのにノリオにつれてこられた5年《ねん》2組《くみ》の根場《ねば》くんが、オレに話《はな》しかけてきた。

「用事《ようじ》ってなんだよ。オレもすぐ、サッカーしにいきたいんだけど」

「おまえさぁ、納豆《なっとう》が大好《だいす》きなんだよな？」

「ああ、そうさっ」

根場《ねば》くんは、思《おも》いきりさわやかにわらった。

「納豆《なっとう》の海《うみ》に、頭《あたま》から飛《と》びこみたいくらいだぜ！」

おい！

変《へん》なことを想像《そうぞう》させるな！

とは思《おも》ったけれども、オレは話《はなし》を進《すす》めた。

「じゃあさ、納豆巻《なっとうま》きだったらどうだ？」

「え、なに？　納豆巻《なっとうま》きだったら？」

根場《ねば》くんは、「よくわからない」という顔《かお》をした。

「田中《たなか》が、納豆巻《なっとうま》きの中《なか》に巻《ま》かれるのか？」

「ちがう、ちがう！」

また、ネバネバした変《へん》な想像《そうぞう》を！

「この前《まえ》オレが納豆《なっとう》チャーハンをつくったときには、『ああ、納豆《なっとう》を食《く》ったぜ〜！』って気《き》がしなかったんだよな？」

「ああ、そうだったな」

「そしたらさ、チャーハンじゃなくて、もしも納豆巻《なっとうま》きを食《た》べたらさ、『ああ、納豆《なっとう》を食《く》ったぜ〜！』って気《き》におまえはなるのか？」

根場《ねば》くんはしばらく考《かんが》えていたけれど、「うん」と大《おお》きく返事《へんじ》した。

「なる。なるよ」

「本当《ほんとう》かっ？」

「だって、ごはんにのりのはいった納豆《なっとう》をかけて食《た》べるのと、納豆《なっとう》を具《ぐ》にしてのり巻《ま》きをつくって食《た》べるのと、そんなにちがわないもん」

「そうかっ。よかった！　ありがとう！」

「……田中《たなか》。あの、さぁ」

いいにくそうにつづけた。

「なんか、悪《わる》いな」

「へ？」

根場《ねば》くんが急《きゅう》になにをいいだしたのか、オレはわからなかった。

「もともと、オレとロベルトのケンカだろ？　それなのに、田中《たなか》にめんどうなことをやらせてる気《き》がしてさ」

「平気《へいき》だよ。ロベルトにみんなと仲《なか》よくしてほしいってのはもちろんだけど、オレには【ロベルトと、仲《なか》よくせよ】っていう指令《しれい》がだされているんだから」

「指令《しれい》？」

と首《くび》をかしげてから、根場《ねば》くんは「ああ！」といった。

「それって、前《まえ》に学校《がっこう》にきたことのある、鍋《なべ》をかぶったジイサンからだされた指令《しれい》か？」

鍋仙人《なべせんにん》のじいちゃんは、前《まえ》にごはんが食《た》べられないナゾの病気《びょうき》にかかったときに、御石井小学校《おいししょうがっこう》にきたことがあった。

「うん。鍋仙人《なべせんにん》のじいちゃんは、給食皇帝《ロイヤルマスター》っていって、給食《きゅうしょく》マスターの中《なか》で一番《いちばん》えらいひとなんだぜ」

「あー。やっぱ、すげーひとだったんだなー」

根場《ねば》くんは、なにかに感心《かんしん》しているみたいだった。

「すげーひと？」

「中華鍋《ちゅうかなべ》をかぶったヤバいジイサンだと思《おも》ってたけど、ぜんぜんそんなことないんだな」

「え、どういうことだよっ？」

「その鍋《なべ》のジイサンは、ロベルトがケンカをするのをわかってたんじゃないのか？」

根場《ねば》くんの意外《いがい》な言葉《ことば》に、オレはびっくりした。

「だって、鍋《なべ》をかぶったジイサンは、ロベルトのことを知《し》ってるんだろ？」

「ああ」

「ブラジルからひとりでやってきたロベルトのことを、心配《しんぱい》してたんじゃないか？　だって、小《しょう》5で、たったひとりで外国《がいこく》に引《ひ》っ越《こ》すなんて、オレならビビっちまうぜ？　ふつうはできねーよ。すごいよな」

「なるほど」

たしかに、指令《しれい》をだされた日《ひ》。

鍋仙人《なべせんにん》のじいちゃんはこんなことをいっていた。

――**この指令《しれい》のむずかしさが、わからんかなぁ？**

鍋仙人《なべせんにん》のじいちゃんは、ロベルトのあたらしい学校生活《がっこうせいかつ》でのトラブルを、予想《よそう》ずみだったのかもしれない。

「……じいちゃん、すげぇな」

オレはすっかり感心《かんしん》してしまった。

それにしても——。

ロベルトの話《はなし》をだしたのに、根場《ねば》くんはそんなに怒《おこ》っている感《かん》じじゃなかった。ロベルトのことを『すごいよな』とまでいっている。

もしかしたらコイツは、ロベルトと仲《なか》なおりをしたいと思《おも》い始《はじ》めたのかもしれないぞ。

「お前《まえ》、ロベルトのことを、もう怒《おこ》ってはいないのか？」

「怒《おこ》っていないっていうか……」

もごもごしている。

「みんなの前《まえ》で『納豆《なっとう》を食《く》えば仲《なか》なおりする』なんていっちまったしな。もう、ひっこみがつかねぇよ」

やっぱり、そうだ。

コイツは、もう、ロベルトのことを怒《おこ》ってはいない。

あとはロベルトが、変《へん》な意地《いじ》をはらなければ、仲《なか》なおりができるのかもしれない。

そんなことに気《き》づいたら、この指令《しれい》をぜったいにクリアするんだと、オレの心《こころ》の中《なか》には強《つよ》い気持《きも》ちがむくむくとわいてきたんだ。

「なぁ、田中《たなか》」

待《ま》ちきれなそうに、もうしわけなさそうに、そしてロベルトの話《はなし》からはどこか逃《に》げたそうに、根場《ねば》くんがいった。

「オレ、はやくサッカーにいきたいんだけど？」

「ああ、悪《わり》ぃ。ありがとう！」

オレのお礼《れい》を聞《き》いてすぐ、サッカー好《ず》きの根場《ねば》くんは、いそいで教室《きょうしつ》をでていった。


20分休《ぷんやす》みももう少《すこ》しで終《お》わる。

さいごは、ユウナとの打《う》ち合《あ》わせだ。

今日《きょう》の給食《きゅうしょく》は2組《くみ》と合同《ごうどう》だ。自分《じぶん》から進《すす》んで給食当番《きゅうしょくとうばん》をひき受《う》けたユウナを中心《ちゅうしん》に動《うご》いてもらうことになっていた。

「田中《たなか》くん、座《すわ》る場所《ばしょ》はこんな感《かん》じでいいかな？」

御石井小学校《おいしいしょうがっこう》の家庭科室《かていかしつ》はちょっと変《か》わっていて、ひとつの大《おお》きなまるいテーブルを、みんなで囲《かこ》むようにできている。

ユウナには、そのまるいテーブルの内側《うちがわ》と外側《そとがわ》に、ふたクラス分《ぶん》の座《すわ》る席《せき》を決《き》めてもらっていた。

「おう、いいね。ありがとう」

ロベルトと根場《ねば》くんがむかい合《あ》わせになっているのをかくにんして、オレはうなずいた。

「田中《たなか》くん。今日《きょう》のロベルトくんの歓迎会《かんげいかい》は、栄養《えいよう》の先生《せんせい》や調理師《ちょうりし》さんにもう許可《きょか》はとったの？」

「ああ、だいじょうぶ」

オレは今朝《けさ》はやくに、給食調理室《きゅうしょくちょうりしつ》へいってきたんだ。

朝一番《あさいちばん》に学校《がっこう》にきて調理師《ちょうりし》さんたちの到着《とうちゃく》を待《ま》っていたオレは、昨日《きのう》ミナミの家《いえ》で説明《せつめい》したようなことを、給食調理室《きゅうしょくちょうりしつ》でも説明《せつめい》したんだ。

それから、こんなおねがいをした。

「今日《きょう》の給食《きゅうしょく》に、納豆《なっとう》とのりを足《た》したいんです」

ふつうは、ぜったいに許可《きょか》はおりない。

ところが、給食《きゅうしょく》マスターとしての指令《しれい》だと説明《せつめい》すると、栄養《えいよう》の先生《せんせい》も調理師《ちょうりし》さんたちも、あっさりとオッケーしてくれた。

「給食《きゅうしょく》マスターとしての指令《しれい》だったら、なんとしてでもがんばるんだよ。わたしたちも応援《おうえん》するよ。な、牛乳《ぎゅうにゅう》・・・・・・カンパイボーイ？」

仲《なか》のいい、オレに変《へん》なアダナをつけている調理師《ちょうりし》さんなんかは、親指《おやゆび》を立《た》ててオレを応援《おうえん》してくれたんだ。

「へぇ、そんなことがあったんだぁ」

オレの話《はなし》を聞《き》いて、ユウナは安心《あんしん》したみたいだった。

キーン・コーン・カーン・コーン。

20分休《ぷんやす》みの終《お》わりを知《し》らせるチャイムが鳴《な》った。

すべての準備《じゅんび》は終《お》わった。

あとは給食《きゅうしょく》の時間《じかん》を待《ま》つだけだ。

「……よしっ」

うまくいくのか、いかないのか。オレはかなり、緊張《きんちょう》していた。

ロベルトの歓迎会《かんげいかい》の楽《たの》しいふんいきの中《なか》で、無理《むり》なく、納豆巻《なっとうま》きを食《た》べてもらうんだ！

＊

とうとう、給食《きゅうしょく》の時間《じかん》がやってきた。

家庭科室《かていかしつ》には5年《ねん》1組《くみ》と2組《くみ》のみんなが、ユウナのつくった席順《せきじゅん》で座《すわ》っている。

「えっ？　なんでロベルトが目《め》の前《まえ》にっ」

「根場《ねば》めっ。それはオイラのセリフだぞ！」

むかい合《あ》った根場《ねば》くんとロベルトは、さいしょはおたがいに文句《もんく》をいっていた。

けれども他《ほか》の子《こ》たちがおとなしく座《すわ》っていくので、しかたなくいわれた場所《ばしょ》に座《すわ》る。

「「ふんっ」」

それでも、いやそうに、おたがいにそっぽをむいていたんだけどな。

さらには、給食当番《きゅうしょくとうばん》が配膳《はいぜん》をしていくと。

「やったぁ！」

「げーっ！」

うれしそうな声《こえ》と、いやそうな声《こえ》。

ふたつの声《こえ》が、やっぱり同時《どうじ》に聞《き》こえてきた。

「おおおっ！　今日《きょう》のメニューは納豆《なっとう》か！」

「げぇえっ！　なんで給食《きゅうしょく》にナットウが！」

やっぱりこれも、根場《ねば》くんとロベルトの声《こえ》だ。

ぴたりと同時《どうじ》に真逆《まぎゃく》のことをいうってのは、ある意味《いみ》ものすごく気《き》が合《あ》っているような気《き》もする。

ここでロベルトが立《た》ちあがった。

「ひどいぞ、ミノル！」

少《すこ》しはなれたところにいるミノルをさがし、大《おお》きな声《こえ》で文句《もんく》をぶつけた。

「え、なにが？」

「今日《きょう》はオイラの歓迎会《かんげいかい》だっていってたじゃないかっ」

消《き》えそうな声《こえ》でミノルはこたえた。

「え……、もちろんそうなんだけど」

「なんでオイラの歓迎会《かんげいかい》なのに、にがてなにおいのする、ネバネバのナットウを食《く》わせようとするんだよ！」

やつあたりのように怒《おこ》られるミノル。

怒《おこ》るロベルトのせいで、教室《きょうしつ》はしーんとしずまりかえってしまった。


「なんでって、歓迎会《かんげいかい》だからに決《き》まってるだろ」


しーんとした家庭科室《かていかしつ》で声《こえ》をだしたのは、オレだ。

オレを見《み》たロベルトはますます怒《おこ》り始《はじ》める。

「なんだそれ？　歓迎会《かんげいかい》でにがてな食《た》べ物《もの》をだすなんて、意味《いみ》がわからないじゃないかっ。

イヤガラセじゃないかっ」

「今日《きょう》はおまえたちに、本当《ほんとう》に仲《なか》なおりしてほしいんだ」

「「はぁ？」」

やっぱり同時《どうじ》に、ふたりはおたがいを見《み》てから、不満《ふまん》そうな声《こえ》をあげた。

「「ふんっ！」」

気《き》が合《あ》っているのか、合《あ》っていないのか、よくわからない。

「オレは、っていうか、オレたちは、おまえを歓迎《かんげい》したいんだ。仲間《なかま》にはいってほしいんだよ」

このときの「オレたち」は、「ここにいる全員《ぜんいん》」という意味《いみ》、だけではなかった。

ミナミの両親《りょうしん》にも、栄養《えいよう》の先生《せんせい》や調理師《ちょうりし》さんにも、オレは事情《じじょう》を話《はな》していた。

ロベルトが一度《いちど》もしゃべったことのないひとだって、話《はなし》を聞《き》けば、遠《とお》い外国《がいこく》からたったひとりでやってきたロベルトのことを本気《ほんき》で心配《しんぱい》してくれていた。

そういう「みんな」がロベルトのことを気《き》にかけていることを、オレはなんとかしてロベルトに伝《つた》えたかったんだ。

オレは根場《ねば》くんとロベルトを交互《こうご》に見《み》た。

オレは根場《ねば》くんを指《ゆび》さした。

「コイツは、おまえが『納豆《なっとう》を食《く》えば仲《なか》なおりする』っていってるんだ。でも、無理《むり》やり食《た》べさせるのはよくない」

オレの真剣《しんけん》な声《こえ》を、ロベルトはだまって聞《き》いていた。

歓迎会《かんげいかい》という特別《とくべつ》なイベントで、少《すこ》し気持《きも》ちが変《か》わってきたのかもしれない。

「オレはどうやったらおまえが楽《らく》に納豆《なっとう》を食《た》べられるか、いっしょうけんめい考《かんが》えたつもりなんだよ。チャーハンは、ダメだったけど」

そういって、オレはロベルトに近《ちか》づいていく。

難波食堂《なんばしょくどう》のお好《この》みソースを手渡《てわた》した。

「パックの中《なか》にはいっているタレの代《か》わりに、これを納豆《なっとう》にいれて、かきまぜてみてくれ。で、手巻《てま》きずしは知《し》ってるんだろ？」

うなずくロベルト。

「中《なか》にいれる具《ぐ》を納豆《なっとう》にして、納豆巻《なっとうま》きで食《た》べてみてほしいんだ」

「えええっ？　ナットウを、手巻《てま》きずしの具《ぐ》にするのか？　……食《く》えるかな？」

「ああ。きっと食《く》える、と思《おも》う」

オレの返事《へんじ》を聞《き》いてから、ロベルトはお好《この》みソースをテーブルに置《お》いた。

納豆《なっとう》のパックをあける。

クラスのみんなは緊張《きんちょう》して、ロベルトの手《て》もとを見《み》ている。

でも、もしかしたら。

このとき一番《いちばん》緊張《きんちょう》していたのは、オレだったのかもしれない。

ここで失敗《しっぱい》なんかしたら、ロベルトはずっとクラスの輪《わ》にはいれなくなるかもしれないんだから。それだけは、ぜったいにさけなくちゃいけないぞ。

とは思《おも》っていたんだけれど——。

「あー、そうか」

ん、どうした？

お好《この》みソースをかける直前《ちょくぜん》、ロベルトは手《て》の動《うご》きを止《と》めた。

「オイラ、わかっちゃったよ」

いったいどういうことなんだ。

ロベルトはあとはソースをかけるだけの納豆《なっとう》パックを、ぽんとテーブルに置《お》いた。

「そういえば、田中《たなか》。おまえには、指令《しれい》のクリアがかかっていたもんな」

「え？」

急《きゅう》な話《はなし》の変化《へんか》に、オレはかたまってしまった。

これからみんなで楽《たの》しく手巻《てま》きずしパーティをするつもりだった。

ソース納豆《なっとう》で自分《じぶん》で楽《たの》しく手巻《てま》きずしをつくれば、ロベルトだって納豆《なっとう》を食《た》べられる。

オレはそう考《かんが》えていたんだけれど——。

残念《ざんねん》だけど、話《はなし》はまったくちがうほうへと流《なが》れていってしまった。

「たしか、給食皇帝《ロイヤルマスター》のところへいくのは、今日《きょう》が期限《きげん》なんだろ？」

「ああ、そうだけど……」

「指令《しれい》のクリアがかかっているんだ。そりゃ1組《くみ》も2組《くみ》も一緒《いっしょ》になって、みんなでがんばるよな。はははははは」

なんてこった。ロベルトにはまるっきり、オレの気持《きも》ちは届《とど》いていなかったんだ。

まさか、ここまで意地《いじ》をはるとは思《おも》わなかった。

「どうせ指令《しれい》クリアのためにがんばっているんだろ？」

「そ、そんな……」

オレはショックで、なんと言葉《ことば》をかえしたらいいのかわからなかった。

「ロベルトくん！　そのいい方《かた》は、ひどいと思《おも》う！」

いつも怒《おこ》ることのないユウナが、オレのために怒《おこ》ってくれた。

「田中《たなか》、あたらしい納豆《なっとう》を貸《か》せっ。うちが『帝王《ていおう》』になってシバいたる！」

ミナミも、もちろん怒《おこ》っていた。

「………」

腕《うで》を組《く》んだノリオは、だまって見《み》ているだけだったけど……。

ピピー・スピー。

ピピー・スピー。

どうやら鼻《はな》がつまっているようで、ピリピリとした空気《くうき》の中《なか》、楽《たの》しそうな鼻笛《はなぶえ》を、ピー・スピーと鳴《な》らしていた。

しかも、よく見《み》たら寝《ね》てるぞっ。……本当《ほんとう》に、自由《じゆう》なヤツだ。

このとき。

「ロベルト、いいかげんにしなよ」

ミノルが、叫《さけ》んだ。

「どうしてそんなに意地《いじ》をはるんだよっ。悪《わる》いほうにしか考《かんが》えないんだよっ」

ミノルは立《た》ちあがると、オレのとなりまで怒《おこ》りながら歩《ある》いてきた。

「田中《たなか》くんがこの1週間《しゅうかん》、どれだけロベルトのことを考《かんが》えていたかわかってないの? チャーハンをつくってもダメだっていわれて! それからいろんなひとにおねがいをして、頭《あたま》をさげて、ロベルトのために、いっしょうけんめいだったんだよ！」

「そんなの、オレのためじゃないさ。指令《しれい》のクリアのためだろ？　自分《じぶん》のためじゃないか」

「ちがうよっ」

ミノルは、根場《ねば》くんを見《み》た。

「もしも指令《しれい》のクリアのためだったらね――」

思《おも》いきった様子《ようす》でしゃべり始《はじ》めた。

「根場《ねば》くんの『納豆《なっとう》を食《く》えば仲《なか》なおりする』なんて条件《じょうけん》を、やめてもらったほうが田中《たなか》くんは楽《らく》なんだよ。根場《ねば》くんがてきとうにあやまって、ロベルトもなんとなくあやまって、ロベルトを給食《きゅうしょく》タワーまでつれていけば、それで指令《しれい》はクリアなんだよ」

「はぁ？」

ロベルトがミノルをにらんだ。

「じゃぁ、なんでそうしなかったんだよ」

ミノルは声《こえ》をふりしぼった。

「ふたりに本当《ほんとう》に仲《なか》なおりをしてほしいからに決《き》まってるじゃないか！」


ロベルトは一瞬《いっしゅん》、後悔《こうかい》したような表情《ひょうじょう》を見《み》せた。

それと同時《どうじ》に、根場《ねば》くんも、同《おな》じような後悔《こうかい》したような表情《ひょうじょう》を見《み》せた。

けれどもロベルトのほうは、まだ意地《いじ》をはっているみたいだった。

すぐに怒《おこ》った表情《ひょうじょう》になり、ミノルに反論《はんろん》したんだ。

「ふんっ。仲《なか》なおりなんかしなくていいんだよ。オイラははるか遠《とお》いブラジルから、田中《たなか》に勝《か》つために、たったひとりで日本《にほん》にきたんだから。生《う》まれ故郷《こきょう》の友《とも》だちみんなと別《わか》れて、たったのひとりでだぜ、ミノル？　おまえにオレの気持《きも》ちがわかるかよっ」

「……わかるよ」

「え？」

意外《いがい》な返事《へんじ》に、ロベルトはかたまった。

しんとした家庭科室《かていかしつ》で、ミノルはつづけたんだ。

「ぼくだって、転入生《てんにゅうせい》だったんだ」

ロベルトとミノルの話題《わだい》は少《すこ》しずれていたんだけど、ロベルトははっと息《いき》をのんだ。たしかにミノルは、今年《ことし》の5月《がつ》に5年《ねん》1組《くみ》に転入《てんにゅう》してきたんだ。

「転入《てんにゅう》してきたとき、田中《たなか》くんやみんながぼくを歓迎《かんげい》してくれて、本当《ほんとう》にうれしかったんだ。転校《てんこう》って、いつでも会《あ》えてたはずの友《とも》だちが、いっきにゼロになることだからね」

ロベルトはだまっている。

「ロベルトはさぁ、ブラジルをはなれて、いつも会《あ》えてたはずの友《とも》だちみんなといっきに別《わか》れちゃったでしょ？」

「…………」

返事《へんじ》はないが、しっかりミノルの言葉《ことば》を聞《き》いている。

「で、御石井小学校《おいしいしょうがっこう》にきたら、せっかくあたらしい友《とも》だちができたのに、ケンカしてすぐに友《とも》だちとはなれてさ。こんな短《みじか》い期間《きかん》に2回《かい》も友《とも》だちがゼロになるなんて、こんな悲《かな》しいことってないんだよ」

ミノルの言葉《ことば》を聞《き》いて、ロベルトはだまってしまった。

「ぼくはね、転入《てんにゅう》してきたときにクラスのみんなが歓迎《かんげい》してくれて、すごくうれしかったんだ。だから今度《こんど》はぼくが、転入生《てんにゅうせい》のロベルトを、心《こころ》から歓迎《かんげい》したいんだよ。仲《なか》よくしたいんだよ」

クラスのみんなも、誰《だれ》も、なんにもしゃべらない。

「仲《なか》なおりをしてほしいんだよ」

オレも正直《しょうじき》、ミノルを見《み》ていることしかできないでいた。

すると——。

「あ」

おどろいた。

ロベルトに、変化《へんか》があった。

ロベルトはだまったまま、納豆《なっとう》にお好《この》みソースをかけた。

給食《きゅうしょく》のハシを手《て》にとると、まぜ始《はじ》める。

「においは……あれれ？　本当《ほんとう》だ。においはほとんどしないぞ」

ひとりでたしかめるようにつぶやくと、一度《いちど》、納豆《なっとう》とハシを置《お》いた。

のりの上《うえ》にごはんをのせて、その上《うえ》に納豆《なっとう》をのせる。くるりとまるめた。

「ああ。ソースをまぜても、ネバネバは、消《き》えないのかぁ……」

残念《ざんねん》そうな顔《かお》をしたけど、ロベルトは納豆巻《なっとうま》きを完成《かんせい》させたんだ。

「……いただきます」

じーっとしばらく納豆巻《なっとうま》きを見《み》つめていた。

それから、えいっと、ひと口《くち》かじった。

「ど、どうだ、ロベルト？」

ロベルトは目《め》をつぶって、口《くち》をもぐもぐさせている。

ときどきしかめっ面《つら》になりながら、口《くち》の中《なか》で舌《した》を動《うご》かしている。

においは消《き》えても、ネバネバがつらいのかもしれない。

もぐもぐもぐもぐ口《くち》を動《うご》かして、ロベルトはとうとう。

ゴクン。

納豆巻《なっとうま》きを飲《の》みこんだ。

「……ふーう」

ひとつ大《おお》きく息《いき》をはくと、ロベルトはしゃべらなくなった。

かなり、つらそうだ。

オレはこのとき、ロベルトを止《と》めようと思《おも》っていた。無理《むり》に食《た》べさせるなんてのはよくない。納豆巻《なっとうま》きを、ロベルトの手《て》からうばってしまおうと考《かんが》えたんだ。

次《つぎ》の瞬間《しゅんかん》。

ロベルトの手《て》から、納豆巻《なっとうま》きがうばわれる。

しかし、うばったのは、オレじゃなかった。

「ああ、それはオイラの食《く》いかけだぞ！」

「あ？　食《く》いかけっていったか？」

ロベルトの納豆巻《なっとうま》きをうばったのは、根場《ねば》くんだ。

するどい目《め》でロベルトをにらんだ。

「ああ、そうだよ。それはオイラの食《く》いかけのナットウ巻《ま》きだよ」

「食《く》いかけってことは、ロベルトは食《く》ったんだな？」

「え？」

「ロベルトは、納豆巻《なっとうま》きを、食《く》ったんだな？」

迫力《はくりょく》に負《ま》けたロベルトは「うん」と、首《くび》をかしげながらうなずいた。

すると。

パクパクパクパクパクパクッ！

根場《ねば》くんはあっという間《ま》に、ロベルトの納豆巻《なっとうま》きを食《た》べてしまった。

「あー、うめぇ！　やっぱり納豆巻《なっとうま》きは『ああ、納豆《なっとう》を食《く》ったぜ〜！』っていう感《かん》じがするよなぁ！　なぁ、ロベルト」

「え？」

「『ああ、納豆《なっとう》を食《く》ったぜ〜！』って感《かん》じ、しただろ？　なっ？　なあっ？」

「あ？　ああ、うん」

根場《ねば》くんはおいしそうに飲《の》みこんでから、オレにむかってこういった。

「おい、田中《たなか》！　ロベルトは、納豆《なっとう》を食《く》ったってさ」

「え？」

近《ちか》くにいるのに、根場《ねば》くんの声《こえ》はずいぶん大《おお》きかった。

オレにいうというよりは、家庭科室《かていかしつ》のみんなにむけて宣言《せんげん》している感《かん》じじゃないか。

「田中《たなか》ぁ、聞《き》いてる？　ロベルトは納豆《なっとう》を食《た》べたの！　だから約束《やくそく》どおり、オレたちと一緒《いっしょ》にまたサッカーやんの。アリガトなっ」

え？

ほとんど食《た》べたのは、根場《ねば》くんじゃないか。

たったひと口《くち》で、ロベルトが納豆《なっとう》を食《た》べたっていえるのかよ？

家庭科室《かていかしつ》がざわつく中《なか》で。

「おい、根場《ねば》っ。おまえ、なに勝手《かって》なことをいってるんだよ！」

誰《だれ》よりも、ロベルトが不満《ふまん》そうだった。

「オイラはまだ、ひと口《くち》しかナットウ巻《ま》きを食《た》べていないのに！」

「うるせぇよ」

よけいなことはいうんじゃねぇ。

そういう迫力《はくりょく》のある声《こえ》だった。

「文句《もんく》があるんだったらなぁ……そうだっ」

根場《ねば》くんはにやりとわらった。

「文句《もんく》があるんだったら、今日《きょう》の放課後《ほうかご》、サッカーで決着《けっちゃく》つけんぞ？　いいなっ？」

ロベルトは一瞬《いっしゅん》きょとんとした。

それからしばらく考《かんが》えてから、ロベルトはハッとした顔《かお》を見《み》せた。

「……え、いいのかよ？」

ロベルトは根場《ねば》くんがいっていることを理解《りかい》すると、「おう！」と元気《げんき》に返事《へんじ》した。

いったいなにが起《お》こったのか。

クラスのみんなは、少《すこ》しずつだんだんと理解《りかい》していく。

「なるほどっ」

「根場《ねば》は、本当《ほんとう》は仲《なか》なおりしたかったのかぁ」

「どっちにしても、一緒《いっしょ》にサッカーやるんだな」

「え、どっちにしてもサッカーを一緒《いっしょ》にやる？　それって、もしかして…」

ミノルがひときわ大《おお》きな声《こえ》をあげた。

「仲《なか》なおりできたってことっ？」

まわりのみんながうなずくのを見《み》て、ミノルは安心《あんしん》したみたいだ。

「ああ、よかったぁ！」

オレの予定《よてい》とは大《おお》きく変《か》わってしまったけれども、こうしてロベルトはまた、クラスのみんなからむかえられたんだ。

これは、ミノルのおかげだな。

ミノルの言葉《ことば》がしっかりとロベルトに届《とど》いたから、ロベルトも納豆《なっとう》にチャレンジする気《き》になったんだろう。

オレはミノルの活躍《かつやく》を、冗談《じょうだん》じゃなくて尊敬《そんけい》した。

しかし尊敬《そんけい》してばかりもいられない。

係《かかり》の仕事《しごと》が待《ま》っている。

オレは牛乳《ぎゅうにゅう》ビンをにぎってから、家庭科室《かていかしつ》のみんなに声《こえ》をかけた。

「おまえらぁ、ちゅうもーく！」

ふたクラスぶんの注目《ちゅうもく》が、オレに集《あつ》まる。
オレは大《おお》きく息《いき》を吸《す》った。

「あたらしい友《とも》だち、ロベルトにい……」

ロベルトも、根場《ねば》くんも、1組《くみ》と2組《くみ》のみんなも、ニコニコ顔《がお》だ。

『『カンパーイ！』』

1組《くみ》も2組《くみ》も関係《かんけい》なく、牛乳《ぎゅうにゅう》ビンをカチリとぶつける音《おと》が家庭科室《かていかしつ》のあちこちから聞《き》こえてきた。
根場《ねば》くんとロベルトはカンパイをしてすぐに、放課後《ほうかご》のサッカーの話《はなし》を始《はじ》めたみたいだった。
「今日《きょう》はどこでサッカーするの？」
「学校《がっこう》の近《ちか》くの公園《こうえん》だ。ロベルトはいったことがないかもしんない。人気《にんき》の公園《こうえん》だから、ダッシュで一緒《いっしょ》に場所《ばしょ》とりにいこうぜっ」

「うん！　オイラ、ひさしぶりにみんなでサッカーするの、すっごく楽《たの》しみだよ！」

といった次《つぎ》の瞬間《しゅんかん》。

「あ」

なにかに気《き》づいたロベルトは……。


「オイラ、やっぱりサッカーはしなくていいや」

「「「……はぁ〜っ？」」」


おい、ロベルト！

やっと仲《なか》なおりできたんだぞっ？

オレもふくめたクラスのみんながひっくりかえりそうになったそのときに。

「なぁ、田中《たなか》」

ロベルトはオレを見《み》ると、こういったんだ。

「給食皇帝《ロイヤルマスター》の指令《しれい》の期限《きげん》は、今日《きょう》までだよな？」

「あ、うん」

ロベルトは根場《ねば》くんにあやまった。

「というわけで、ごめん。悪《わる》いけど、今日《きょう》の放課後《ほうかご》は田中《たなか》の用事《ようじ》が先《さき》だったよ」

根場《ねば》くんはおどろいていたけれども、ロベルトには意地《いじ》をはっている感《かん》じは少《すこ》しもなかった。

「でないと、田中《たなか》が困《こま》っちゃうからさ」

「おう。そういや、そうだったな」

根場《ねば》くんはうなずいた。

ロベルトは、もう一回《いっかい》オレを見《み》た。

「なんかさぁ、田中《たなか》」

ここでやっと、ロベルトは――。

「そのぉ……いろいろごめんよっ。へへへ」

ずっとオレだけには見《み》せていなかった、とびっきりの笑顔《えがお》を見《み》せたんだ。

＊

その日《ひ》の放課後《ほうかご》。

オレとロベルトは、ミノルと一緒《いっしょ》に3人《にん》で、校門《こうもん》までむかえにきてくれたミルク・カーに乗《の》って給食《きゅうしょく》タワーへとむかった。

「ふぉっふぉっふぉ。田中《たなか》くんとロベルトくんが一緒《いっしょ》にきたということは、指令《しれい》は達成《たっせい》できたということかのぅ？」

オレはこの1週間《しゅうかん》のことを鍋仙人《なべせんにん》のじいちゃんに説明《せつめい》した。

「ふむ。では、ロベルトくん。質問《しつもん》じゃ」

「はい」

「なぜにがてな納豆《なっとう》を、自分《じぶん》から、食《た》べたんじゃ？」

ロベルトは少《すこ》し考《かんが》えてから、チラッとオレたちを見《み》て、こんなことをいった。

「田中《たなか》がいっしょうけんめいになってくれたことや、ミノルがオイラのことを考《かんが》えてくれたことを知《し》ったら、意地《いじ》をはるなんておかしいぞって思《おも》ったんです。あと……」

「あと？」

「オイラあのままだったら、食郎師匠《たべろうししょう》の【食《しょく》は笑顔《えがお》をつくる】って言葉《ことば》を守《まも》れないぞって気《き》づいちゃって……」

【食《しょく》は笑顔《えがお》をつくる】

父《とう》さんの教《おし》えは息子《むすこ》のオレにだけじゃなく、弟子《でし》のロベルトにもしっかりと伝《つた》わっているのだとオレは知《し》った。うれしいような、照《て》れるような、なんかふしぎな気分《きぶん》だった。

「なるほど、なるほど」

鍋仙人《なべせんにん》のじいちゃんは満足《まんぞく》そうにうなずくと、にこりとわらった。

「じつは、わしからは重大《じゅうだい》な報告《ほうこく》がある。ロベルトくんは、給食《きゅうしょく》マスターにもうチャレンジできない。そういうルールだったな？」

「……はい」

「そのルール、変更《へんこう》しちゃったぞ」

「え？」

鍋仙人《なべせんにん》のじいちゃんは「給食《きゅうしょく》マスターにチャレンジするのは一度《いちど》だけ」というルールを、変《か》えたのだといった。

「以前《いぜん》、ひさしぶりに御石井市《おいしいし》に帰《かえ》ってきた食郎《たべろう》がいっておったじゃろ？　『給食《きゅうしょく》マスター委員会《いいんかい》を、あたらしく、生《う》まれ変《か》わらせるのです』とな。あいつの真剣《しんけん》な気持《きも》ちを考《かん》えて、わしも必死《ひっし》に考《かんが》えたんじゃ」

「じゃあ、オイラにはまだ、給食《きゅうしょく》マスターになるチャンスがあるんですかっ？」

「ああ、そうじゃ」

鍋仙人《なべせんにん》のじいちゃんはうなずいた。

「食郎《たべろう》の弟子《でし》として胸《むね》をはって、意地《いじ》ははらずに、またがんばりなさい」

「……は、はいっ」

ロベルトはなみだ目《め》で、本当《ほんとう》にうれしそうに返事《へんじ》をした。

「よかったな、ロベルト」

オレも、ミノルも、ニコニコしながら、ロベルトのことを見守《みまも》った。

14

「で、田中《たなか》くん。わしからの宿題《しゅくだい》は、おぼえておるだろうな？」

これから『なに』食《しょく》マスターを名《な》のるのか、決《き》めておくように。

そういわれていた。

「キミは『なに』食《しょく》マスターになることにしたのかな？」

「『笑《わら》う』って字《じ》を書《か》いて、『笑食《しょうしょく》マスター』って名《な》のりたいと思《おも》っています」

「へ？『笑食《しょうしょく》マスター』とな？」

「ええええっ？　田中《たなか》くん、『笑食《しょうしょく》マスター』って、もしかしてっ？」

ミノルがとんちんかんな心配《しんぱい》を始《はじ》める。

「ダメだよ！　給食中《きゅうしょくちゅう》に誰《だれ》かが牛乳《ぎゅうにゅう》を飲《の》んでいるのを、わらわせて『ぶーっ』てはかせるなんて！」

「ちがうよ、ミノル。父《とう》さんから教《おし》えてもらった、大事《だいじ》な言葉《ことば》からとったんだ。【食《しょく》は笑《え》顔《がお》をつくる】ってね」

クラスの輪《わ》に戻《もど》れたあと、みんなとうまそうに給食《きゅうしょく》を食《た》べているロベルトの笑顔《えがお》を見《み》ていたら、やっぱり【食《しょく》は笑顔《えがお》をつくる】んだと、父《とう》さんの教《おし》えてくれた言葉《ことば》のすごさをあらためてオレは感《かん》じたんだ。

鍋仙人《なべせんにん》のじいちゃんは尋《たず》ねた。

「田中《たなか》くん、『笑食《しょうしょく》マスター』とはいったいなんじゃ？」

「父《とう》さんの教《おし》えを守《まも》りながら、母《かあ》さんのレシピで世界中《せかいじゅう》のみんなを笑顔《えがお》にする。それが、オレの考《かんが》える『笑食《しょうしょく》マスター』です！」

「ふむ。田中《たなか》くんの考《かんが》え、よくわかったぞ」

鍋仙人《なべせんにん》のじいちゃんは大《おお》きくうなずいた。

「田中《たなか》くん！　初《はじ》めての指令《しれい》のクリア、おめでとうっ」

しゃもじのつえで、オレを指《さ》し示《しめ》した。

「今日《きょう》からキミは、『笑食《しょうしょく》マスター』を名《な》のるがよい！」


オレたち3人《にん》は、給食《きゅうしょく》タワーをでた。

給食《きゅうしょく》タワーを出発《しゅっぱつ》したミルク・カーは、御石井小学校《おいしいしょうがっこう》の校門前《こうもんまえ》で止《と》まった。

「よーし。オイラ、いまから根場《ねば》たちと一緒《いっしょ》に公園《こうえん》でサッカーしてくるよ」

「ええ、いまから？」

もう、夕方《ゆうがた》の５時《じ》すぎなのに。

「この時間《じかん》だと、きっともう今日《きょう》はみんな家《いえ》に帰《かえ》ってるぞ」

「いないかもしれなくても、見《み》にいきたいんだ」

ロベルトはミルク・カーから飛《と》びおりると、運転手《うんてんしゅ》さんにお礼《れい》をいった。

それからポケットから手書《てが》きの地図《ちず》をとりだした。

公園《こうえん》までのいき方《かた》を、根場《ねば》くんが帰《かえ》りの会《かい》のあとに教《おし》えておいてくれたんだそうだ。

「じゃあな、田中《たなか》！　ミノルも、また明日《あした》！」

笑顔《えがお》で手《て》をふるロベルトは、ミルク・カーをおりたオレたちに、こんな言葉《ことば》をのこした。

「ふたりとも、オブリガード！」

「ん？」

「え、なに？　なんていったの？」

あっという間《ま》にロベルトは走《はし》って消《き》えてしまったので、返事《へんじ》はなかった。

「……ねえ、田中《たなか》くん」

ミノルが首《くび》をかしげる。

「『オブリガード』って、なんだろうね？」

「ブラジルで使《つか》われている言葉《ことば》なんじゃないか？」

「どんな意味《いみ》なんだろう？」

「いやぁ、ぜんぜんわからないよ」

もちろんオレもミノルも、外国《がいこく》の言葉《ことば》はわからない。

けれども。

——ふたりとも、ありがとう！

ロベルトの「オブリガード」がどんな意味《いみ》かはわからないはずなのに、オレたちの耳《みみ》には「ありがとう」っていっているように聞《き》こえたんだ。

オレたちはミルク・カーを見送《みおく》ってから、歩《ある》き始《はじ》めた。

「ああ、ロベルトが仲《なか》なおりできて本当《ほんとう》によかったな！」

「そうだね。ぼくもあたらしい友《とも》だちができてうれしいよ」

「オレも。これもミノルのおかげだぞ」

「え、なにいってるのさ？」

ミノルは笑顔《えがお》で、オレにこんなことをいった。

「5年《ねん》1組《くみ》の『牛乳《ぎゅうにゅう》カンパイ係《がかり》』、田中《たなか》くんのおかげに決《き》まってるじゃないか！」

オレたちはあたらしい友《とも》だちができたことをよろこびながら、夕方《ゆうがた》の通学路《つうがくろ》を帰《かえ》っていった。

次《じ》巻《かん》予《よ》告《こく》
第《だい》6弾《だん》
2018年《ねん》
4月《がつ》27日《にち》(金《きん》)
発《はつ》売《ばい》予《よ》定《てい》!!
ユウナの捨《す》て犬《いぬ》救《きゅう》出《しゅつ》大《だい》作《さく》戦《せん》!
ぜったい読《よ》んでくれよ〜♪

集英社みらい文庫

牛乳《ぎゅうにゅう》カンパイ係《がかり》、田中《たなか》くん

給食《きゅうしょく》マスター初指令《はつしれい》！友情《ゆうじょう》の納豆《なっとう》レシピ

並木《なみき》たかあき 作

フルカワマモる 絵

ファンレターのあて先
〒101-8050 東京都千代田区一ツ橋2-5-10 集英社みらい文庫編集部
いただいたお便りは編集部から先生におわたしいたします。

2017年12月27日 第1刷発行

発行者 北畠輝幸
発行所 株式会社 集英社
〒101-8050 東京都千代田区一ツ橋2-5-10
電話 編集部 03-3230-6246
読者係 03-3230-6080
販売部 03-3230-6393(書店専用)
http://miraibunko.jp
装丁 高岡美幸（POCKET） 中島由佳理
印刷 図書印刷株式会社 凸版印刷株式会社
製本 図書印刷株式会社

★この作品はフィクションです。実在の人物・団体・事件などにはいっさい関係ありません。

ISBN978-4-08-321410-3 C8293 N.D.C.913 188P 18cm

「みらい文庫《ぶんこ》」読者《どくしゃ》のみなさんへ

言葉《ことば》を学《まな》ぶ、感性《かんせい》を磨《みが》く、創造力《そうぞうりょく》を育《はぐく》む……、読書《どくしょ》は「人間力《にんげんりょく》」を高《たか》めるために欠《か》かせません。たった一枚《いちまい》のページをめくる向《む》こう側《がわ》に、未知《みち》の世界《せかい》、ドキドキのみらいが無限《むげん》に広《ひろ》がっている。これこそが「本《ほん》」だけが持《も》っているパワーです。

学校《がっこう》の朝《あさ》の読書《どくしょ》に、休《やす》み時間《じかん》に、放課後《ほうかご》に……。いつでも、どこでも、すぐに続《つづ》きを読《よ》みたくなるような、魅力《みりょく》に溢《あふ》れる本《ほん》をたくさん揃《そろ》えていきたい。読書《どくしょ》がくれる、心《こころ》がきらきらしたり胸《むね》がきゅんとする瞬間《しゅんかん》を体験《たいけん》してほしい、楽《たの》しんでほしい。みらいの日本《にほん》、そして世界《せかい》を担《にな》うみなさんが、やがて大人《おとな》になった時《とき》、「読書《どくしょ》の魅力《みりょく》を初《はじ》めて知《し》った本《ほん》」「自分《じぶん》のおこづかいで初《はじ》めて買《か》った一冊《いっさつ》」と思《おも》い出《だ》してくれるような作品《さくひん》を一所懸命《いっしょけんめい》、大切《たいせつ》に創《つく》っていきたい。

そんないっぱいの想《おも》いを込《こ》めながら、作家《さっか》の先生方《せんせいがた》と一緒《いっしょ》に、私《わたし》たちは素敵《すてき》な本作《ほんづく》りを続《つづ》けていきます。「みらい文庫《ぶんこ》」は、無限《むげん》の宇宙《うちゅう》に浮《う》かぶ星《ほし》のように、夢《ゆめ》をたたえ輝《かがや》きながら、次々《つぎつぎ》と新《あたら》しく生《う》まれ続《つづ》けます。

本《ほん》を持《も》つ、その手《て》の中《なか》に、ドキドキするみらい――。

本《ほん》の宇宙《うちゅう》から、自分《じぶん》だけの健《すこ》やかな空想力《くうそうりょく》を育《そだ》て、〝みらいの星《ほし》〟をたくさん見《み》つけてください。

そして、大切《たいせつ》なこと、大切《たいせつ》な人《ひと》をきちんと守《まも》る、強《つよ》くて、やさしい大人《おとな》になってくれることを心《こころ》から願《ねが》っています。

2011年《ねん》　春《はる》

集英社《しゅうえいしゃ》みらい文庫編集部《ぶんこへんしゅうぶ》